帰ってきた日々ごはん⑬　高山なおみ

帰ってきた 日々ごはん⑬

もくじ

カバー装画・本文挿画　山福朱実
カバー、扉、アルバムなどのデザイン　スイセイ
章扉手描き文字、本文写真　高山なおみ
編集　村上妃佐子、浅井文子
編集協力　小島奈菜子
造本　アノニマ・デザイン

金色にさざ波立っている。

一月一日（水）

晴れのち曇り

あけまして、おめでとうございます……と、言っていいのかどうか分からない。

喪中なので。

でも母は、そういうことに頓着なかったから、いいんだと思う。

なんだか日記がまったく書けない。自分の用事ではない、いろいろなことのために動くのが楽しくて。買い物やごはんの支度をしたり、みっちゃん（双子の兄）の孫たちと遊んだり。


その喜びといったら。

咳は出ているけど、わりかし元気だ。

帰省したのは三十日。

大掃除をする気満々で帰ってきたのだけど、みっちゃんがすでにやってくれていた。

玄関も、台所も、お風呂場も。

二階の和室も、母がいたころよりずっと整理され、きれいになっていて驚いた。

リビングの祭壇には母の遺影が飾ってあった。

まだ、髪を染めていたころの母。

豚の角煮
ちらし寿司
じゃが芋のお焼き

おしゃれして、にっこり笑っている。

写真というのはやっぱりすごいな。

母がそこに座っているような気がして、何度もふり返ってしまう。

きのうはお昼から、姉の家の餅つき大会に行った。

つきたてのお餅を次々にちぎり、大根おろしやきなこ、煮切った酒とだし醤油を合わせたタレにつけるのを手伝った。

とてもいいお天気で、眩しくてたまらないなか、庭先で炭焼きの鶏肉や魚（鯛や真鯵。朝釣ったのだそう）の頭《かしら》の塩焼きをつついたり、生ビールをごちそうになったり。子どもたちの成長に驚いたり。

洗い物を手伝って、三時くらいに帰ってきた。

そして夕方からは、みっちゃんの子どもたちとの忘年会。

今年はミホ（次女）の家族と、リカ（長女）の夫の紳君が来られなかったので、リカと娘のリコ、生まれて三カ月のアンナちゃん。ヒロキ（長男）と奥さんのヒロミさん、娘のユリ、サキ。

ごちそうは、豚の角煮（ゆで卵、にんにく、生姜）、モツ煮込み（白モツ、コンニャク、大根、人参、ゴボウ、豆腐）、キャベツと胡瓜の塩もみ（いりごま）、赤大根の柚子香漬け、たたきゴボウ、お刺し身のごまヅケ（ブリ、サーモン、万能ねぎ）、ちらし寿司（自家製おぼろ、干し椎茸の甘辛煮、錦糸卵）、じゃが芋のお焼き。

じゃが芋のお焼きは、ヒロキに手伝ってもらいながら、子どもたちと作った。丸ごとゆでたじゃが芋をすり鉢でつぶすのも、クリームチーズを加えて混ぜるのも、もうじき七歳になるユリはとてもうまくやる。

ころころ転がしておだんごにし、コロッケよりも薄くて小さい楕円形に丸めるのは、リコとサキもやりたがった。

リコは今年で三歳、サキは四歳。

小さい子でもなかなかうまいことできるもんだな。手につかないのがいいみたい。ふたりとも食べながらやっていた。おいしいんだ！

これは新発見。

フライパンで焼いてあげたら、喜んで食べている。

ユリは「焼くとこ、見たーい！」と言って、私にはりついていた。

いつか子どもたちを集め、「じゃが芋のお焼き教室」をしてみたいな。

ゆうべは、なっちゃん（兄の長女）が姉の家に子どもたちを預け、忘年会に参加してくれたのも嬉しかった。おばあちゃん（遺影の）に会いにきたのだそう。

お刺し身のごまヅケなめろう
じゃが芋のお焼き
大根煮

そのときだったかな、ヒロミさんがねずみの帽子をかぶった写真をスマホで撮ってくれた。私もユリたちに混ざって唇をとがらせ、両手を顔の前で握り、「チュー」と言いながら。

そしたらなんと、遺影の母も、ねずみの帽子をかぶって写っていた。

ちょっと首をかしげ、笑っている。

スマホのこの写真は、実際よりもかなり若く写るので、私も二十代くらいに見えた。

遅くなってからだけど、マイミ（みっちゃんの三女）が来てくれたのも嬉しかった。

紅白が終わり、「ゆく年くる年」を三人で見て、新年の挨拶をした。

私が寝たあとも、マイミはみっちゃんとふたりで、つもる話をしたらしい。

今日は、夕方から紳君が来るので（リカたちは泊まった）、ヒロキの家族もまた遊びにくることになった。

ヒロキはきっと、男どうしで呑みたいんだと思う。

今夜のごちそうは、帆立のお刺し身、〆鯖、お刺し身のごまヅケなめろう（ゆうべの残りを細かく刻んで、大葉とねぎを混ぜ、なめろうのようにしてみた）、数の子、なます（大根、人参、柚子）、たたきゴボウ、赤大根の柚子香漬け、じゃが芋のお焼き、大根煮（豚の角煮の残りの煮汁で煮た）、モツ煮込み、ほうれん草のおひたし、鶏の塩焼き（フライパンで表裏を下焼きし、仕上げはグリルで。こうすると皮がパリパリに焼ける)。牛ステーキ(リカ作)、サラダ(リカ作)、炊き込みご飯(干し椎茸、鶏肉、人参)の予定。

一月六日(月)晴れ

七時半に起きた。

おとついもきのうも、咳でよく眠れなかった。

寝ようとすると気管が詰まって、息がしにくくなる。

枕を三つ重ねて上半身を斜めにし、膝を曲げると少しはいいので、その姿勢のまま目をつぶっていた。

うとうとしながら私は、新しい絵本の言葉を考えていた。

くり返し、くり返し。

まだ覚えていたので、朝起きてすぐに書き出した。

お昼ごはんを支度しながら外を見ると、窓いっぱいに海が光っている。

金色にさざ波立っている。

ああ私、やっと神戸に帰ってきた。

実際に帰ってきたのは、四日の夜。

お正月に私がやりたかったことは、みっちゃんの孫たちと遊ぶのと、母の遺品を片づけること。

主には衣類の片づけだ。三日は姉とふたりでやったので、とてもはかどった。

二階の和室が母の衣装部屋になっているのだけど、タンスにも、衣装箱にも、教会のバザーで買ったらしい見慣れない化繊の服がこれでもかと詰まっていた。しかもたたまずに。

どうして母は、こんなにため込んでいたんだろう。父が生きていたころには、もっとずっと質素で、お気に入りの同じ服ばかり着ていたのに。

母が介護ベッドで寝ていたころ、その中から私がホームに通う服を選んできて見せると、「ううん、それは首が苦しいからいや」とか、「派手すぎるからいや」とか、「肌ざわりがよくないの」とか言っていた。

多分、いちども袖を通したことのない服がほとんどだったんだと思う。

まだ着られそうなのはリサイクルのゴミ袋に。肌着やくつ下、スカーフ、手編みのマフラー、ハンカチはゴミ袋に。

けっきょく、全部で二十袋になった。

着られるかどうかも分からない服をため込んでは、また新しく買っていた母。

おしゃれをすることに憧れがあったんだろうか。

もしかしたら母には、何か充たされないものがあったのかな。

母の部屋はできるだけそのままにしておきたいので、目についたところだけ片づけた。

教会用（ふたつある）、図書館用など、どこかに出かけるための手提げカバンが分けてあり、ペン入れや室内ばきがそれぞれに入っていた。

くつ下の上にはく分厚いくつ下や、ティッシュ、使いかけのマスクまで。

教会の手提げカバンの賛美歌には、父の写真と私の若いころの写真が挟まれていた。

本に引かれた傍線《ぼう》、押し花のしおり、おすすめ本の記事が載った新聞の切り抜き。

割り箸袋に、造花やシールが貼りつけてあるのも大量に出てきた。

教会学校の子どもたちと作ったんだろうか。

うちわや花火のシールのもあったから、季節に合わせて食事会をしたときの割り箸袋をもらってきて、集めていたのかもしれない。

紙風船、バラの花の形のロウソク、カルタ、おはじき、ひ孫からの手描きのカード。

母の部屋は壁の上から下まで、うっすらと埃をかぶっていた。

私はマスクをして掃除機をかけながらやった。

呆れたり、ほろっとしたり、笑ったりしながら。私の知らない母が、遺された荷物の向こうに見えてくる。そこで生きていた母の、確かな記録。遺品の片づけはおもしろい。

姉は、母の服をずいぶんもらって帰った。

私がもらってきたのは、教会のクリスマス会など、外出のたびによく着ていたウールの懐かしいワンピース。

ちょうど、今の私くらいの歳に着ていたのかな。

どこもいたんでいないし、今の私に似合いそうだったので。

あと、クリスマスツリーの小さな飾りと、サンタクロースのスノウドームも。

夜ごはんは、鶏ひき肉のカツレツ（粉ふき芋、ゆで人参）、蕪と蕪の葉の鍋蒸し煮、たくあん、昆布の薄味佃煮、ご飯。

鶏ひき肉のカツレツ
蕪と蕪の葉の鍋蒸し煮
昆布の薄味佃煮

一月七日（火）雨

ゆうべも咳でよく眠れなかった。

もしかしたら、気管支炎にかかっているかもしれないと思って、朝の受付時間に間に合うように、タクシーを呼んで病院に行ってきた。

ただの風邪だった。

薬をもらったから、もう大丈夫。

熱もないし。

クリームシチュー（お昼の残り）
苺

帰ってきてすぐ、きのう作った蕪の鍋蒸し煮の鍋に、カツレツに添えたゆでじゃが芋と人参、ささ身を加えてクリームシチューを作って食べた。

きっと私は、母の遺品の片づけや掃除を、がんばり過ぎたんだと思う。

お正月は休むためにあるのに、ごちそうもいろいろ作って、ふだんよりうんと動いていたから。

今日は薬を飲んで、おとなしく寝ていよう。

静かな雨が降っている。

夜ごはんは、クリームシチュー（お昼の残り）、苺。

一月十日（金）快晴

きのううちに一泊だけして、中野さんは北九州に旅立った。

いよいよ明日から、「Operation Table《オペレーション テーブル》」で展覧会がはじまるので。

朝、私も一緒に坂を下り、お見送りがてら「コープさん」へ。

まっ青な空。

旅の空だ。

帰りはゆっくり足もとだけ見て、小股で坂を上った。

カラスガレイの味噌漬け焼き
青じそふりかけのおにぎり（お昼の残り）

セーター一枚だったのに、春のように暖かく、しっとりと汗をかいた。

まだ少し咳は出るけれど、ずいぶん体が動くようになった。

風邪が治ったんだな。

帰ったら、りう（スイセイの娘）からメールが届いていた。

午後いっぱいかかって返事を書き、送る。

夕方、りうから返事が届いた。

胸が苦しくなる。

また返事を書いて、送った。

夕闇に夜景のオレンジが瞬いている。

夜ごはんは、カラスガレイの味噌漬け焼き（蕪の厚切り焼き添え）、青じそふりかけのおにぎり（お昼の残り）、じゃが芋の味噌汁。

一月十六日（木）
曇り時々晴れ

さっき、いつもの神社まで中野さんをお見送りし、坂を上っていたら、「LUCA《ルカ》」（今日子ちゃんに教わった、六甲の洋服屋さん）の店主にばったりお会いした。

「姫路から送られてきた大根と柑橘を、もらってください」とおっしゃる。

マンションの外で待っていたら、葉っぱがゆさゆさの太った大根、長ねぎ、姫柑《ひめかん》、紅《べに》はっさくを紙袋に詰めて持ってきてくださった。

嬉しくも重たい紙袋を抱え、えっさえっさと坂を上って帰ってきた。

すぐに、料理本（『自炊。何にしようか』として二〇二〇年に刊行されました）のテキストをやりはじめる。

赤澤さんから最後の撮影のメモが届いたので、ちょうどいいタイミング。

点と点がつながって、線路のようなものが見えてきた。

気が散ると台所に立ち、いただいた長ねぎを刻んでごま油でねっとり炒めた。塩をひとふりだけ。ねぎの油蒸し炒めというところだろうか。ビンに詰めて、北九州に持っていこうと思って。調味料として何かと使えそう。

大根に包丁を入れると、みずみずしくて驚いた。下ゆでした煮汁までおいしいので、半分残し、そこに昆布だしを加えて油揚げと薄味に煮た。

今日子ちゃんがきのうイギリスから帰ってきたから、「MORIS《モリス》」に持っていってあげようと思って。

残りの一本の半分は、いちょう切りにしてザルに広げ、二階に干した。

ここ何日か、いろいろな楽しいことがあった。

中野さんとの新作絵本の打ち合わせもぶじに終わり、宿題をいただいた。

風邪もずいぶん治った。でも、明日はもういちど病院に行ってこようと思う。北九州の旅までに、すっかり治しておきたいから。

ここでお知らせです。

北九州の八幡市にある「Operation Table」というところで、中野さんは今〝くちぶえサーカス〟という展覧会をしているのだけど、友人の山福朱実《あけみ》ちゃん&樹《たつる》君、私も加わってイベントをします。

「Operation Table」はゲストルームもあるので、四人で合宿のように泊まり込む予定。

私と中野さんは、二十一日に神戸を出る予定。

夜ごはんは、大根と油揚げの薄味煮、九州とんこつラーメン（煮卵、ほうれん草、ねぎの油炒め）、蕪の塩もみ。

大根と油揚げの薄味煮
九州とんこつラーメン

一月十八日（土）快晴

七時に起き、カーテンを開けた。

今朝は濃い雲がかかって、陽の出を見ることができなかった。

でも、雲の下には濃厚なオレンジの帯。空の雲にも、そのオレンジが反射している。

窓を開け、ベッドに寝そべったまましばらく眺めていた。

眩しい朝だ。

洗濯物がよく乾きそうなので、タオルケットを洗った。

きのうは、朝のうちに病院に行ってきた。

もしかすると、アレルギーが関係している咳ぜんそくの気《け》があるかもしれないとのこと。

今年の冬は温暖で秋のようだから、花粉を飛ばす植物が枯れずにそのままあるせいではないか、と先生がおっしゃっていた。

今は、私のような人がとても多いのだそう。

新しい薬をもらって帰ってきた。

おかげでゆうべは、それほど咳が出なかった。

今日もまた、料理本のテキスト書き。

これまで見えなかったものが、少しずつ、少しずつ、やればやるほど見えてくる。

それがおもしろくてたまらない。

去年の撮影の前の日に、立花君がメールでくださった言葉がある。

「まだ先が見えない暗闇のなかでの動きになるかと思いますが、よい光がさしてくるはず

ハマチの塩焼き（ゆうべの残り）
焼き椎茸のおろし煮
蕪の葉と豚コマ切れ肉の炒めもの

なので信じて進みましょう。不安ですが楽しみもあります」

私は、あらかじめゴールを決めると、出てくるものも出てこなくなってしまうので、何も決めずにただその日のお天気を感じ、作りたい料理をこしらえ、次々に撮影していただいた。

赤澤さんは、私の口からこぼれる言葉を逃さずにメモし、齋藤君は目に映るすべてをカメラに収め、立花君は遠くから何かを見通していた。

載せる料理が何になるかも、どんな文を書くのかも、台割も何も決めずにはじまった本作り。

うん、立花君。

私は少し、光が見えてきたかもしれない。迷いながらなので遅々として進まず、まだまだだけど。

明日もがんばろう。

夜ごはんは、ハマチの塩焼き（ゆうべの残り）と焼き椎茸のおろし煮、蕪の葉と豚コマ切れ肉の炒めもの、干し大根の甘酢漬け、ご飯。

一月三十日（木）快晴

九時半まで寝ていた。

まだ眠れる、まだ眠れると思いながら。

カーテンを開けると、白銀に光る海。

太陽はもうずいぶん上。

青空に雲がぽかんと浮かんでいる。

北九州の旅からは、おとついの夜に帰ってきた。

中野さんは一泊し、きのうの朝十時ごろに家を出てタクシーで坂を下り、新開地の駅までお見送りした。

本当に、楽しい楽しい一週間の合宿だった。

毎日、いろんなところでいろんなことが起こり、喜びを感じるだけでいっぱいで、どんどん時間が過ぎ去っていった。

なんだか毎日が、境目なく続いている感じがずっとしていた。

「楽しくてたまらない長い一日」を、過ごしているみたいに。

真喜子さん（「Operation Table」のオーナー）の台所や、中野さんの絵の展示会場のテーブル（ステンレスの手術台）で、朝、昼、晩（ときどき朝と昼が一緒になったけど）

のごはんをみんなで食べ、コーヒーを飲み、夕方になると食事の支度をしながらワインを呑みはじめ、お風呂に入り、寝て、起きて、一日一日を過ごしていたはずなのに。

展示会場には、歴代のサーカス団の絵（中野さんが描いた）がぎっしり飾られていて、私たち五人もその仲間の団員のようだった（団長は真喜子さん）。

そんなわけで、日記がちっとも書けませんでした。

ホームページを開いてくださった方、ごめんなさい。

これから少しずつ、北九州で何をしていたか書いていこうと思います。

今日からやっと、神戸に戻ってきたような気がするので、いつもの仕事に向かおうと思う。

まずは「SとN」のゲラ校正から。

終わったら、また料理本のテキストに向かうつもり。

それにしても海が青いな。

夕方五時過ぎに、オレンジと青が混ざったような不思議な色が部屋まで入ってきた。

外を見ると、まっぷたつに分かれた空。

霧のような雨が、右の方だけに降っている。

右（西）はオレンジ、左（東）は青。

キムチ味の鍋焼きうどん（スーパーの）
塩むすび

青の方角に首をまわすと、そこには大きな虹が出ていた。

虹は、海から立ち上っているように見える。

雨雲がゆっくりと流れていき、靄《もや》が晴れ、こんどは海から翼が現れた。

まっ白で大きな翼雲が、海から立ち上っている。

あそこだけ、お天気雨が降っているんだろうか。

右を見ると、夕陽の照り返しで、オレンジに縁取られた貨物列車みたいな雲。

あんまりでっかい景色なので、写真を撮った。

夜ごはんは、キムチ味の鍋焼きうどん（小倉駅地下のスーパーで買った。豚肉、白菜、キャベツ、人参、ニラ入り。卵を落とし、半端に残っていた溶けるチーズを加えた）、塩むすび。

一月三十一日（金）
曇り時々晴れ

六時半に起きた。

カーテンを開けると、もう薄明るい。

しばらく見ない間に、太陽の昇る位置もずいぶん動いた。

もうじき隣のマンションに隠れて、見えなくなりそうだ。

そうか、もうそんな季節になったのか。

今朝は、空の光の具合がくるくる変わる。急に暗くなったなと思ったら、雨まじりの小雪が舞っている。

寒い、寒い。

そしてまたすぐに光が溢れ、眩《まばゆ》いばかりとなる。

窓辺に洗濯物を干しているので、暗くなると二階に窓を閉めにいったりしながら、朝から「SとN」の校正を夢中でやった。

十二時を過ぎたころ、今日もまた、まっぷたつに分かれた空。

大阪の街（東）は灰色の雲に覆《おお》われているのに、三宮の街（西）の上は見事な青空。

雲は白銀、海も白銀。

手前の海だけ、緑がかっている。

どこかで虹が出ていそうなお天気だ。

「SとN」の校正は、二時くらいに終わった。

記憶が遠くにいかないうちに、旅のことを記しておきます。

北九州で私は何をしていたかというと、旅芸人の〝くちぶえ一座〟の団員として、台所を厨房用に整え、みんなのために賄《まかな》いを支度していた。

でも、私ばかりが作っていたのではない。

朝いちばんに起きてきた人が洗い物をはじめ、コーヒーをいれ、誰かがなんとなく掃除をしたり、ゴミ出しをしたり。

手の空いている人、作りたい人がいつも勝手に作っていた。

イベント用の料理も、朱実ちゃんと樹君がずいぶん手伝ってくれた。

私はよく寝坊して、ベッドでうとうとしていると、どこかで誰かが立てる音が聞こえてきた。

中野さんが歯を磨いている音、展示会場を掃除しているらしい音。

どこかで絵を描いてらっしゃるような気配。

三階の部屋で、樹君がギターの練習をしている音。

朱実ちゃんが下りてきて、「おはようございます！」という明るい声。

私は一階のゲストルームにこもり、動き出したみんなの音を聞いてから、朝風呂に浸かるのが日課だった。

陽光が射し込むバスタブには、自分で買ったクナイプ（ハーブの香りの入浴剤）を毎朝少しずつ入れていた。

ゆっくりお湯に浸かりながら、〝くちぶえ一座〟のテーマソング（「東京キッド」の替え歌）の歌詞を考えたり、今日は何の料理を仕込もうかしらとぼんやり頭を巡らせたり。

広い家（三階建て）のどこかにはいつも誰かがいるのだけど、お互いに干渉せず、自分のやりたいことを静かに遂行している感じは、十代のころに住み込みのアルバイトをしていた山小屋の空気にも似ていた。

ずっと雨降りだったから、空気が冷たく清冽で、台所の足下がいつも冷えていたせいもあるのかな。

何の料理を作ったかも、思い出して書いてみよう。

一日目の賄いは、真喜子さんの台所の冷凍庫にたまっていた肉類（ハム、ベーコン、豚肉、鶏肉、鴨肉など）を片っぱしからミンチにし、樹君&朱実ちゃんが玉ねぎを刻んで炒め、スパイスを駆使した「謝肉祭のカレー」を作った。

あ、それは二日目だ。

一日目のディナー（夜ごはんという感じではない）は、樹君のトマト味のスープ（じゃが芋、人参、樹君作のベーコン）が鍋に残っていたので、冷凍庫にあったゆでマカロニを朱実ちゃんが加えて煮込み、私がホワイトソースをこしらえてグラタンにした。

バターがなかったので、ホワイトソースはオリーブオイルで作った。

それから、冷凍庫に点在していたイカスミと、炊き込みご飯やおにぎりを集めて真喜子さんがこしらえたのは、まっ黒なイカスミリゾット（にんにくとオリーブオイルがたっぷりで、濃厚で、絶品だった！）。

あと、朱実ちゃんたちが若松のスーパーで買ってきた新鮮なハマチのお刺し身と、海鮮のり巻き。

翌日は、「謝肉祭のカレー」に、鯛のアラ（若松のスーパーで買ったもの）でスープをとって（引き出しの奥からブーケガルニのパックをみつけ出した）、ハマチのお刺し身の残りをミンチにして加えたら、なんとなくフランスの漁師町のスープのようになり、真喜子さんが「マルセイユ風漁師のスープ」と名づけてくれた。

その後、「マルセイユ風漁師のスープ」の残りに、何かの肉と、パプリカの粉やクスクスのミックススパイスなど加え、栗原さん（こんど三月に若松で開く予定の、おにぎりのイベント〈残念ながら、コロナのために中止になりました〉を企画してくださった方）の差し入れのキャベツを刻んで煮込み、「ハンガリアン・グヤーシュ」に。

「ハンガリアン・グヤーシュ」の残りは、料理ライブの日にお客さんに出したら、あっという間に鍋が空っぽとなり、鍋の底に残ったのを子どもたちがパンにつけて食べてくれた。

ライブの日に合わせ、毎日こつこつと冷凍できる料理（シガラボレイ〈トルコの春巻き〉、モンゴル餃子）を作り、ソーセージも三種類仕込んだ。スパイス違い、肉違いを豚腸で二種。羊腸のもはじめて作ってみた。

乾くまで、玄関の中野さんの絵の前に吊るした。ぶら下げたソーセージは、サーカスの踊り子がお化粧をしている絵にもよく似合っていた。

私が台所でこつこつと仕込みをしているとき、樹君のギターや朱実ちゃんの歌声が聞こえてきた。

中野さんはいつも、どこかしらで絵を描いていた。

真喜子さんは二階の自分の部屋で、大学の講義のための準備をしていた。

それはまさしく、私がまだ吉祥寺に住んでいたころに、朱実ちゃんの家に紙版画を教わりに行った日そのものだった。

二〇一五年の十月十四日、あの日の日記にはこんなふうに書いてある。

みんな、別々の体（指や耳や鼻や目や）と心を持っているのに、目に見える場所ではいっしょにいて、それぞれのものを好きなように作り出している。

あれから朱実ちゃんと樹君は、緑さん（朱実ちゃんのお母さん）と若松の実家に移住し、私は東京を離れてひとりになり、中野さんともときどき過ごすようになった。

その間の歳月は、五年近くあるのだけれど、なんだか紙版画の日のあくる日のようでもあった。

一月二十四日は、旅芸人のライブペイント〝荒野にて〟。絵・中野さん&ギター・樹君&声と歌・朱実ちゃんの興行。

一月二十六日は、〝くちぶえ一座〟の賄いと音楽。私の料理&朱実ちゃん&樹君の興行。

お客さんに向けて作った料理は、その場に合わせ、自由自在に変わっていった。

今思うと、私の料理もライブのひとつだったんだな。

ライブ料理のメニューを、思い出して書いてみよう。

シガラボレイ、ハンガリアン・グヤーシュ、パン（厨房の手伝いをしてくださった、あんべさん作）、チキンとミートボールのカレー（樹君作）、平パン（練った生地を、展示会場の手術台の上で伸ばし、中華鍋で焼いた。平パンはカレーに添えるつもりだったのだけど、すでにお客さんのお腹に入り、鍋が空っぽになっていたので、ふきのとう味噌を添えた）、ソーセージ三種（酢キャベツ添え）、モンゴル餃子&モンゴルだれ（網焼きトマト、にんにく、黒こしょう、レモン汁、オリーブオイル）、鍋焼きローストポーク（豚ロース塊肉ににんにくとローズマリーを突き刺して、粗塩をすりこみ、冷蔵庫でねかせておいた。肉のまわりに玉ねぎと人参をぎっしり並べて鍋蒸し焼き。最後に肉だけオーブンに入れ、脂身をカリッと焼いた)、大かぶらと大根の塩もみ(柚子こしょう、甘口醤油、ごま油)、トマトのサラダ(薄く輪切りにし、粗塩をふりかけただけ。朱実ちゃんの友だちのキナコちゃんが作ってくれた)、ボルシチ、鯖のマリネ(真喜子さんが塩をしておいた鯖を酢に浸け、すり鉢でつぶしたにんにくたっぷりのオリーブオイルをかけた。黒と緑のオリーブ添え。残ったオイルはパンに浸して食べてもらった。鯖は、バスに乗ってふたりで出かけた黄金《こがね》市場で、とても新鮮なのを買った)。

これで全部だったかな。

私たちの日々のごはんでは、殻つきの牡蠣もよく食べた。オリーブオイルににんにくの香りをつけ、白ワインで蒸し焼きにしたもの。若松の牡蠣はびっくりするほど安い。殻は小さめなのに身がぷりっと大きく、こたえられないおいしさだった。

真喜子さんは、若いころに美術館で学芸員をしていて、今は大学で美術を教えてらっしゃる。だからか、外国にもよく出かけていたらしい(今もかな?)。

そして「Operation Table」は、オープンしてから十年が経つ、古くて頑丈な建物。

スパイシー手羽先（スーパー）の
フライパン焼き
キムチ雑炊

これまでいろんなアーティストが展覧会やイベントを開き、ゲストルームにもたくさんの人たちが泊まった。

もと動物病院（今は亡きお父さんが獣医だった）の手術室は、タイルも壁も昔のままをいかし、空色（真喜子さんはオペレーション・ブルーと呼んでいる）に塗られている。

ゲストルームの壁もオペレーション・ブルーだし、ベッドのシーツも空色と白の水玉。

バスルームは、白いタイルにひとつだけ柄のタイルがはまっていて、ポーランドとか、ロシアとか、北欧とか、どこかのホテルみたい。

シャンプーもどこかの国のもので、髪にやさしく、若草みたいないい香りがした。

真喜子さんの台所は、見た目は日本の懐かしい造りなのだけど、やっぱり外国みたい。

珍しいスパイスが棚や引き出しのあちこちに隠れていて、調味料も鍋もフライパンも本格的なものが何でも揃っている。

物がいっぱいに溢れ、混沌としている（真喜子さんごめんなさい！）台所のおかげで、私はどんな場面でも、そこにあるものを駆使し、即興でおいしい料理を作れるように鍛えられた。

なんだか、これまで隠れていた、もうひとつの料理の眼が開いたような気がする。

「Operation Table」に刺激され、体の中からずるずる、どどーっと出てきたみたい。

ここまで長々と読んでくださり、ありがとうございました。

夜ごはんは、スパイシー手羽先（新幹線で帰る前に、小倉駅の地下スーパーで買った。手羽先は平らに開いてある）のフライパン焼き、キムチ雑炊（ゆうべの鍋焼きうどんのスープを水で薄め、冷やご飯、落とし卵、溶けるチーズ）、ゆで絹さや（大根おろしのせ）。

＊1月のおまけレシピ

鶏ひき肉のカツレツ

鶏ももひき肉200g　玉ねぎ¼個　卵1個　パセリ　ヨーグルト
パン粉（細目）　揚げ油　その他調味料（2人分）

肉ダネがやわらかめの、火の通りやすいカツレツです。まとめにくいようでしたら4〜6等分にし、小さく丸めて揚げてみてください。残ったらみりん、砂糖、醤油で甘辛くからめたり、カツ丼のように卵でとじてもおいしいです。トンカツよりも軽くて食べやすいので、歯の弱い方や子どもたちにも喜ばれるのではないでしょうか。日記では、粉ふき芋とゆでた人参をつけ合わせにしていますが、ここではキャベツまたは白菜のせん切りを添えることにしました。


玉ねぎはみじん切りに、パセリも刻んで大さじ1ほど用意します。

ボウルに鶏ひき肉、塩小さじ¼、玉ねぎ、パセリ、ヨーグルト大さじ2、卵をよく溶いて½個分加えます。さらにパン粉大さじ3、粗挽き黒こしょうを加え、ねばりが出るまでよく練り混ぜます。

肉ダネを2等分し、1.5cm厚さの楕円形（滴のような形にするとよい）にまとめます。

薄力粉をまぶし、残しておいた溶き卵にくぐらせて、パン粉をまんべんなくまぶしつけます。

170℃の揚げ油で（やわらかめなので、皿にのせてすべらせるように油に落とすとうまくいきます）、きつね色になるまで両面を揚げてください。

カラリと揚がったら、油をよく切って器に盛りつけ、練り辛子かフレンチマスタードを添えます。キャベツや白菜のせん切りをたっぷり添えて、ウスターソースをかけてどうぞ。
※マヨネーズとケチャップを合わせたオーロラソースもよく合います。

2020年2月

舞ってる、舞ってる。

二月四日（火）晴れ

窓を開けていても、春のように暖かい。
ゆうべは、「Operation Table」にいる夢をみた。
何度か目覚め、また眠ると同じ夢の続き。
朝ごはんを食べ、料理本のテキストに向かう。
私はもう、何日も外に出ていない。
こもりっきりで、ずっとテキストを書いている。数えたらちょうど一週間だった。
とちゅうで、「あーつまんないよー！」と声を上げた。
「Operation Table」での一週間が、あんまり楽しかったから。
気を取り直し、肩の体操をしてまた向かう。
二階のベッドの上に文机をおいてパソコンをのせ、まわりに資料を集めてみた。
今日は海が青いな。
気が散ると、窓を開けて肩の体操。
青い空にはお椀のような白い半月。
今は五時。
ずいぶん進んだ。

トンコツ味の棒ラーメン
白菜、人参、椎茸、豚コマ切れ肉のおかか炒めもしかしたら私、半分以上書けたかもしれない！

夜ごはんは、トンコツ味の棒ラーメン（煮卵、明太子、ねぎ）、白菜、人参、椎茸、豚コマ切れ肉のおかか炒め。

二月五日（水）晴れ

朝ごはんを食べ、料理本のテキストの続き。

『スカーレット』を見ながらお昼を食べ、一週間ぶりに坂を下りた。

美容院に行き、てくてく歩いて遠くのチーズ屋さんへ（閉まっていた）。

輸入ものばかり売っている六甲道の大きな酒屋さんや、銀行、区役所にも行った。

区役所には確かめたい用件があって行ったのだけど、いざフロアに立ってみたら、頭がふわふわしてしまい、何をどう聞きたかったのか分からなくなった。

前に来たときと窓口の配置がずいぶん変わっていて、その様子にまず驚いた。ふわん、ぽかんとしていたら、「今日は何のご用事ですか？」と、おじさんが声をかけてくださった。

そんなふうに、窓口に案内をしてくれる係の人が、三人くらい立っているのだ。ますますわけが分からなくなる。

それでも、三つの窓口をまわって、聞きたかった用件のひとつは確かになった。

最後に、年金の窓口に行ったのだけど、いつも持っている肩掛けバッグがない。

まっ青になって、トイレに見にいこうとしたら、さっきのおじさんが声をかけてくださった。

「もしかしたら、お探し物をしてはりますか？」

「はい」

「それは、厚い布の、茶色いような小さいバッグですか？」

「はい、そうです！　そうです！」

「お忘れもんみたいやったから、どなたんかなあと思っとったんです」

そして、もうひとりの係の女の人が、ちゃんと預かっていてくださった。

今日に限って、銀行の通帳も入っていたから、ひやっとした。

たっぷり買い物をして、夕暮れのなかてくてく歩き「MORIS」へ。

イギリス帰りのヒロミさんが、お土産の鯖の薫製（黒こしょうがたっぷりまぶしてある）で炊き込みご飯を、今日子ちゃんはパースニップ（白人参）の塩ゆでと、カリフラワーのお焼き（カリフラワーをフードプロセッサーで粉々にして、塩、小麦粉を混ぜてだんごにし、なたね油でじっくり焼いていた）、春菊のオイル蒸しを作ってごちそうしてくださった。

ヒロミさんの炊き込みご飯には、ゴボウや人参、蓮根も入っていた。私だったらついゴボウはささがき、人参も細く切ってしまいそうなのに、ヒロミさんのはコロコロに切ってあった。大きすぎず、小さすぎず。

だからゴボウの香りが立って、鯖の薫製の香ばしさとも合わさって、薄味で。すご～くおいしかった。

今日子ちゃんの野菜料理も、じんわりと胸にきた。

三人でたわいないお喋りをし、よく笑った。

私はここ一週間、誰ともお喋りをしていなかった。中野さんとは電話で二度ばかり話したけど。

帰ってきたら、足がつっぱらかっていた。

運動不足、お喋り不足、人との対面不足。お風呂に入って足をもみほぐしながら、体の中の流れも詰まっていたのかなあと思った。

二月六日（木）
快晴、お天気雪

八時十五分に起きた。
窓を開けたら、前の建物の屋根にうっすらと雪が積もっていた。
明け方に降ったのかな。
あったかい布団にくるまってぐっすり眠っていたから、ちっとも気づかなかった。
今朝も海が眩い。
太陽が当たっているところが、海から発光しているみたいに見える。
きのうもそうだった。王冠みたいに、海から光のしぶきが上がっている。
さ、今日もまた料理本のテキストをがんばるぞ。
また二階のベッドの上でやろう。
快晴の青空。
夢中でやっていて、ふと窓を見ると、小雪がふらふら舞っている。
雪虫みたいな小さいの。
こんなによく晴れているのに。
何度見ても舞っていた。

二月八日（土）曇り

青空に、雪虫。

たまらなくなり、屋上に上ってみた。

舞ってる、舞ってる。

そのまま階段を下り（運動不足なので）、玄関から外に出た。

舞ってる、舞ってる。

夕方のラジオで、「兵庫県は今日、風花が舞いましたね」と言っていた。

そうかあれは、風花というのか。

夜ごはんは、トンテキ（小さめの豚ロース肉厚切りで）、今日子ちゃんからお土産でいただいた春菊のオイル蒸し&パースニップの塩ゆで、味噌汁（豆腐、ねぎ）、自家製なめたけ、ご飯。


六時半にカーテンを開けた。

ラジオを聞きながら、陽の出を待った。

太陽は七時少し前に、ちゃんと顔を出した。

隣のマンションに隠れて、もう見えないと思っていたのだけど。

トンテキ
春菊のオイル蒸し&
パースニップの塩ゆで

よかった。

今日も今日とて、料理本のテキスト。

一階の窓辺のテーブルを、それほど陽が当たらないところまで移動し、パソコンをのせてみた。

場所が変わると、新しい気持ちでテキストに向かえる。

気づけば四時。ぐっと集中できた。

夜ごはんは、トマトスープ（人参、ゆり根、小松菜）だけ。

ごはんの前に塩せんべいをバリバリ食べてしまったし、お昼にはヒロミさんの炊き込みご飯（お土産にいただいた）をせいろで温め直し、たっぷり食べたので。

ここでお知らせです。

三月十四日に、吉祥寺の「キチム」でトークショーを開くことになりました。

詳しくは、ホームページの「ちかごろの」を開いてみてください。

ひさしぶりの東京は、どんな様子だろう。

また、川原さんちに泊めてもらえる。

三泊ほどして、赤澤さんたちと料理本の打ち合わせもする予定。

二月九日（日）晴れ

六時半に目覚め、カーテンを開けた。

ベッドに寝そべったまま空を見上げる。

今朝は雲が多いな。

高い方のは青灰色がかっている。

のったりとした大きな青灰色が、薄い灰色と交差する。

そのうち、下の方の雲は茜色に輝き、山の稜線が金色になってきた。

オレンジの光が見えたと思ったら、じりじりと昇り、つるん、ぷりんと勢いよく出てきた太陽。

眩い光の玉。玉というか、丸い形の反射板のよう。

反射板の中はうねうねと動き、オレンジなのか、青なのか、黒なのか、よく分からない色に見えてくる。

こういうの、じっと見ていてはいけないいんだろうな。

朝ごはんを食べ、パソコンに向かった。

ピンポンが鳴って、書類が届いた。

十二月に撮影していただいた、齋藤君の写真の束だった。

豚肉の味噌漬け
ひと口がんもどきと菜花の薄味煮
（おとついの残り）

すごくいい。

冬の光に包まれている。

根を詰めて書いていたテキストの活字の世界と、あの日の実物の世界。そのずれを前に、ぽかんと立ち尽くしてしまう。言葉が、とてつもなくつまらないものに思えてくる。

煙突の煙がまっすぐに上り、そのまま雲につながっている。

煙突の向こうは、白銀にさんざめく海。

今朝は風がないのだな。

料理本のテキスト、しばし休もうと思う。

午後、東京新聞に寄稿する短文を書き、仕上げて村上さんにお送りした。

今は五時。

海がまだ青い。

夜ごはんは、豚肉（豚ロース肉の厚切り）の味噌漬け（小松菜炒め添え）、ひと口がんもどきと菜花の薄味煮（おとついの残り）、味噌汁（豆腐、ねぎ）、ご飯。

二月十一日（火）晴れ

八時少し前に起きた。

中野さんがいらしている。

きのうは「大丸」で待ち合わせをし、新鮮なスルメイカ（皮がまだピンクだった）やブリのお刺し身を買って帰り、窓辺でごちそうを食べた。

ひさしぶりにワインを開け、日本酒も呑み、たくさんお喋りした。

朝ごはんを食べ、私は料理本のテキストの続き。

ピンポンが鳴って、つよしさんとやっている『ふたごのかがみ　ピカルとヒカラ』のデザインが上がってきた。

す、すごい。

思ってもみなかったデザイン。

でも、とってもすんなりくるデザイン。

つよしさんの絵も、みずみずしく光っている。

すばらしい。

デザイナーさんは、物語を深いところまで読み込んでくださっている感じがする。

言葉の配置や、微妙な隙間のニュアンスが、物語の世界を立ち上がらせる。

ああ、こういうことだったのか……と、気づかせてくださるようなデザインだった。

私が勝手にこしらえたダミー本を、お見せしないでおいてよかった。

だし巻き卵
小松菜の塩炒め
ワカメと豆腐の味噌汁

お昼ごはんに、中野さんがイカスミスパゲティを作ってくださった。

食べ終わったころ、中野さんは微熱があることに気づいた。

三十七度一分。風邪ではないようだけど、たまった疲れが出たのかな。

二階で寝ている間、私は料理本のテキストをひたすらやっていた。

気づけばずいぶん進んでいる。

ひとりでいるときよりも、集中してやれるのはどうしてだろう。

夜ごはんは、だし巻き卵、小松菜の塩炒め、ハムを焼いたの、納豆、自家製なめたけ、ワカメと豆腐の味噌汁、ご飯。

冷蔵庫にあるものをかき集めて、ていねいに作った。

こういうごはんがいちばんおいしい。

食べてすぐにお風呂に入り、中野さんは先に休んだ。

私はひとり、こうして日記を書いている。

静かな夜。

二月十三日（木）
曇りのち晴れ

春のように暖かい。

というか、初夏のよう。

玄関を網戸にしておくと、風が通ってちょうどいい。

朝起きたときには霧が出ていて、どこもかしこもまっ白だったのに。

天気予報によると、二十度あるのだそう。

朝、お風呂に浸かっているとき、新しい絵本（『みそしるをつくる』として二〇二〇年に刊行されました）の冒頭が、歌のはじまりみたいに転がり出てきた。

これは、佐川さんからお願いされている、『おにぎりをつくる』の次の絵本。

メモしておいてパソコンの前に座ったら、揺れながら、リボンみたいにつながって出てきた。

このテキストは、本当はもうずいぶん前にできかけていて、佐川さんにお送りしていた。

でも、あんまりよくないなあと思っていた。

私は、もうできないかもしれない、とも思っていた。

だから、佐川さんにはいちどお断りしていた。

『おにぎりをつくる』一冊で、十分なんじゃないかと思っていたし。

でもゆうべ、中野さんにテキストを朗読してもらったことで、どこがよくないのか分かった。

そして、「いろいろ考えなくても、普通に作ればいいんじゃないですか?」と言われた。

中野さんは感想めいたことを言わないし、いいとも悪いとも何も言わない。

『おにぎりをつくる』のときにもそうだった。私が料理の絵本を出すことについて迷っていたら、「何でも真剣に作れば、楽しいですよ」と言われ、背中を押された。

中野さんをお見送りがてら、神社まで散歩した。

どこからか花の香り。

ツクピー ツクピーとシジュウカラも鳴いている。

神社でお参りし、せっせと坂を上って帰ってきた。

しっとりと汗をかいた。

中野さんがいらしてから、世界が動きはじめた感じがする。心も、体の中もよく動いている。

『ふたごのかがみ ピカルとヒカラ』もそうなのだけど、神戸に来てからぽつりぽつりと生まれた物語が、ようやく目に見える形となって、ひとつ、またひとつと私のもとに戻ってきている。

そのことが、じんわりと嬉しい。

ゆうべはそんな話をしながら、ごはんを作って食べた。

熊谷さんに見ていただいている、中野さんとの新作絵本も、きっともうすぐ（『それから それから』として二〇二〇年に刊行されました）。

つよしさんとの絵本はたしか三年前、中野さんとの絵本は二年前に生まれた。

今日は、二時から『おにぎりをつくる』のインタビューで、東京から朝日新聞の記者の方と佐川さんがいらっしゃる。

終わったら、次の絵本の打ち合わせもする予定。

佐川さんは終電までゆっくりされるとのこと。

あ、タクシーが止まった音がする。

いらしたかな。

夜ごはんは、じゃが芋のドフィノア、アラメの煮物、大かぶらの浅漬け（橙《だいだい》を搾った）、鶏の塩焼き、大かぶらの薄味煮、オレンジワイン。

じゃが芋のドフィノア
アラメの煮物
大かぶらの浅漬け

二月十五日（土）曇り

肌寒い。

ゆうべ寝ようとしたら、シーツに触れている肌がかゆくなり、ちりちりとして眠れなくなった。

おかしいなと思ったら、太もものまわりがみみずばれのようになっていた。

最初はベッドに虫がいるのかと思って、シーツを取り替えたり、パジャマを着替えたりしていたのだけど、どんどんひどくなるばかり。

気にすれば気にするほどかゆくなり、体中がちりちりした。

はじめてのことだから不安だった。

インターネットで検索しているうちに、じんましんかもしれないということが分かり、皮膚科でもらった薬が冷蔵庫に保管してあったのを思い出し、塗ってみた。

かゆみはすぐに治まったけど、夜中に目が覚めたときにはまだ腫れていた。

でも、朝起きたらきれいになっていた。何事もなかったみたいに。

じんましんはストレスや疲れでもなるらしい。

不思議だな。いつもと違うことは、何もしていないのに。

仕事もバリバリやって、元気だし。

鯖の薫製（ヒロミさんのイギリス土産）の
炊き込みご飯

変わったことといえば、夜ごはんの前にチーズ味の外国のポテトスナックを食べ過ぎたことくらい。

おかしいな、季節の変わり目だからかな。

今日は午後から、『ふたごのかがみ ピカルとヒカラ』の打ち合わせ。

ゆうべ、「あかね書房」の榎さんから連絡があり、急に決まった。つよしさんもいらっしゃる。

それまで、料理本のテキストをがんばろう。

つよしさんが早めに来てくれたので、じんましんのことを話した。

「うん、うん」と聞いていて、ポテトスナックのことを言ったとたんに、「ああ、それやね」と笑われた。

夜ごはんは、鯖の薫製（ヒロミさんのイギリス土産）の炊き込みご飯（ゴボウ入り）、大かぶらとワカメの味噌汁、ほうれん草とウインナーのバター炒め。

炊き込みご飯が、とてもおいしくできた。

二月十八日（火）晴れ

うちは今、甘酸っぱい匂いがする。

佐渡の明日香《あすか》ちゃんが、島のりんごをたくさん送ってくださったので。

ゆうべも寝ながら、ずっといい匂いがしていた。

そして、ゆうべは風がとても強かった。

雪が降るかもしれないという予報だったから、毛布を一枚増やして寝た。

朝起きたら、雪が舞っているかもしれないと思って、楽しみにしていた。

寒いことは寒いのだけど、降っていない。

朝ごはんを食べているときとてもよく晴れていて、目をこらすと、ちらちらちかちか。

金色の粉が舞っていた。

粉雪にもならない、霙《みぞれ》のような粉に、太陽が当たっているんだろうか。

二階に上って見ても、やっぱり舞っている。

きのうあたりから、料理本のテキストが大詰めに入ってきた。思う存分にとりくんでいる。

雪が降ったら、二階のベッドの上でやろうと思っていたのにな。

三時からは、『おにぎりをつくる』のインタビューで、「リンネル」の方がいらっしゃる。

それまでがんばろう。

夜ごはんは、イカスミ・オムパスタ（イカスミスパゲティの残りに人参とソーセージを加えて炒め、ケチャップを混ぜ、卵で巻いた)、小松菜の塩炒め、りんご。

佐渡のりんごは酸味がしっかりあって、おいしいな。

二月二十日(木) 晴れ

六時半に目覚めたのだけど、目をつぶっているうちに太陽が昇ってしまった。

このごろは、陽の出の時間が少し早くなってきているのかな。

七時に起きた。

朝ごはんを食べ、新聞のインタビュー記事の校正。お戻しの時間ぎりぎりまでかかってしまう。

今日は、料理本のテキストを休もう。

校正原稿は三時に戻し、「コープさん」まで買い物に出た。

外の空気を吸いたくて。運動不足だし。

佐渡のりんごでジャムを作りたいのだけど、きび砂糖を切らしていたので。

帰り道、リュックを背負ってせっせと坂を上った。

上着を着ていかなかったのに、しっとりと汗をかいた。

あちこちで花の香りがしていた。

サーモンのムニエル
ポテトサラダ
春巻き（冷凍しておいたもの）

夜ごはんは、サーモンのムニエル（バター醤油ソース）、ポテトサラダ、春巻き（ずいぶん前に冷凍しておいたのを、なたね油を多めにしてフライパンで焼いてみた）、味噌汁(玉ねぎ、生海苔)、ご飯。

明日はりんごを煮る予定。

ひき続き、料理本のテキストをがんばろう。

二月二十一日(金) 晴れ

七時に起きた。

カーテンを開けると、すでに昇ったあとだったけど、太陽はまだオレンジ色。

そのうちに、眩しい光で部屋がいっぱいとなる。

布団をめくり、体いっぱいに浴びた。

朝ごはんを食べ、今日もまた料理本のテキスト。

また最初に戻って、はじめから進む。

夕方、きのう書いたところまで、ようやく届いた。

なめるようにしながら、じわじわと進んでいる。

しつこいナメクジみたいに。

最初のころは、一冊分のテキストがとてつもない長さだと感じていたのだけど、今はひとつの大きなかたまりとして捉えられる。

かたまりはやわらかく、やればやるほど白くなる（最初はいろんな色だった）。

ひとつ変わると、すべてが連動し、ぬくもりのあるものに変化していく感じがする。

不思議な感触。

私は今、とても楽しい。

今日は、真喜子さんからプレゼントが届いた。

なんと、「Operation Table」のゲストルームにあった、草の匂いのするあのシャンプーとトリートメントだ。

テキストをがんばっているお祝いに、今夜開けようと思う。今使っているやつは、しまっておいて。

夕方、ずいぶん進んだ。

もうじき終わりそう。

そして、中野さんから絵の画像が送られてきた。

たまらなく好きな絵だった。

澄んだ目を持っている人にしか、描けないような絵。

ひき肉かけご飯
中華スープ

夜ごはんは、ひき肉かけご飯（キムチ、目玉焼き）、中華スープ（豆腐）。

真喜子さんのシャンプーとトリートメントを使った。

そうそうこの匂い。いっぺんに、「Operation Table」の楽しかったあの日々へと連れていかれる。

夜、りんごをきび砂糖で煮た。

二月二十二日（土）
曇りのち雨、のち晴れ

トイレに起きたら、朝焼けがはじまっていた。

カーテンを開け、肩まで布団をかぶって、ベッドの上で陽の出を待つ。

しばらくすると、山の稜線の一ヶ所にオレンジ色の線が光り、ぬるーっと出てきた。

六時四十分。出てきたと思ったら、上の雲に吸い込まれた。

天気予報によると、今日は雨が降るのだそう。

ベッドに寝そべって、しばらく空を眺めていた。

太陽は隠れたまま。

東の方から次々と雲がやってきて、重なり、厚ぼったくなっていく。

朝なのに夕方みたいに暗い。

でも、暖かい。

エイヤッ！　と起きた。

こんな日は、ものを書くのにぴったりだ。

今日も料理本のテキストをやろう。

雨はしめやかに降り続いていたのだけど、午後には晴れてきた。

風がとても強い。流れゆく雲の影が、向かいの建物の屋根に映っている。

料理本のテキストは、もうひと息。

ゆうべ煮ておいたりんごの半分をフードプロセッサーにかけ、軽く煮詰めてジャムにした。

夜ごはんは、焼き餃子、アラメの煮物、大根の味噌汁、りんご。

焼き餃子
アラメの煮物
大根の味噌汁

二月二十七日（木）
曇りのち晴れ

さっき、いきなり暗くなったかと思ったら、パラパラと大きな音がして雹《ひょう》が降ってきた。

慌てて階段を上り、布団をとり込んだ。

しばらく降り続いていた雹は、霙に変わり、西の空に青空が見えたと思ったら、そのあとパーッと明るくなって、みるみる広がった。

今は晴れている。

雹も霙も、漢字がむずかしいけれど、雨を包むのが「ひょう」、雨に英で「みぞれ」。英という字にはどんな意味があるんだろう。

「銀の雫降る降るまわりに、金の雫降る降るまわりに」

これはゆうべ、寝る前に読んだ本『アイヌ神謡集』の中で、フクロウの神さまが歌っていた歌。

今朝は、五時に目が覚めてしまい、六時からカーテンを開けてラジオを聞いていた。

『古楽の楽しみ』の今週は、私の好きなあの人。

曲の紹介をするときに、声の音程がかすかに揺れる、静かな声の人。

これから朝になろうとしている時間。でもまだ、夜は明け切らない、鎮《しず》まった時間にぴったりな声。関根敏子さんという方らしい。

ゆうべはなんとなく、よく眠れなかった。

きのう起こったあるできごとで、水面下にあった問題が見えてきた。

それは私の、長年の課題だったんだと思う。

これまでも何かが起こるたび、姿を現してはいたのだけど、私はずっと逃げ腰だった。

今だったら、向かい合えそうな気がする。

ひとつひとつ解決して、前に進んでいこうと思う。

中野さんがお昼ごろにいらっしゃり、午後から絵本のことをやった。

これは、東京の編集者さんと筒井君から宿題をいただいていた絵本（『みどりのあらし』として二〇二一年に刊行されました）。

中野さんは、私のテキスト通りに順を追って描いてくださっているのだけど、画用紙に描かれたラフスケッチを見ながら、私のテキストを当てはめ、並び替えていくうちに、隠れていたものが浮かび上がってきた。

それは、この物語の要《かなめ》になるような、大事なひとピース。

そうか、これはこういうお話だったんだという大事なところだ。

夜ごはんは、お鍋（鶏肉、鶏つくね、絹ごし豆腐、菊菜、水菜、えのき、大根おろし、ポン酢醤油、ねぎ、「YUZUSCO《ゆずすこ》」）、〆の卵雑炊。

＊２月のおまけレシピ

大かぶらの薄味煮

かぶら（大）１個　だし汁３カップ　だし昆布
その他調味料（作りやすい量）

冬になると、スーパーの野菜売り場に大きなかぶらが並びます。直径12～13cmほどの葉っぱつき。皮ごとごろごろと切り、薄味でとろりと炊いた煮物が私は大好きで、冬の間に何度かこしらえます。東京ではあまり見かけなかったから、関西ならではのものでしょうか。手に入らなければ、大きめの蕪３～４個で作ってみてください。この料理のポイントは、なんといってもおだし。ちょっと上等な昆布とかつお節でしっかりとります。油揚げを加えてもよいのですが、ここではシンプルに煮て、片栗粉でとろみをつけました。熱々をお椀によそり、おろし生姜をのせると体が温まります。残ったら、かぶらをひと口大に切り、水でのばした煮汁に白味噌を溶き入れてもおいしい。お餅を加えてお雑煮にしても合いそうです。ホワイトソースを煮汁に加え、チーズをのせて香ばしく焼いたグラタンもまた楽しみ。やわらかく煮えた昆布が、驚くほどグラタンに合うのです。


かぶらは葉を切り落とし、根元やお尻の硬そうなところだけ薄く皮をむいて、８等分のくし形切りに。だしをとったあとの昆布は、食べやすい大きさに切ります。

鍋にかぶらと昆布を入れ、だし汁を注ぎます。酒大さじ１、塩小さじ½、薄口醤油小さじ１を加えて強火にかけ、煮立ったら弱火にしてフタをずらしてのせ、30～40分煮ます。

かぶらが透き通り、やわらかく煮えたら、水溶き片栗粉（片栗粉大さじ１を大さじ２の水で溶く）を少しずつ加え混ぜ、とろみをつけます。

煮汁ごと器に盛りつけ、あれば柚子皮やおろし生姜を。

2020年3月

最近はよく、母が夢に出てくる。

三月一日（日）

薄い晴れ

朝は、明日香ちゃんの佐渡のりんごとヨーグルト。

早めのお昼ごはん（納豆、菊菜のおひたし、味噌汁）を食べ、中野さんは二階で絵（ラフスケッチ）を描いてらっしゃる。

きのうも、絵のおかげでテキストが新しくなり、絵本はずいぶんいいところまで進んでいる。

数枚の絵を描こうとしているのか、それともすべてを描き直そうとしてらっしゃるのか、中野さんはなかなか下りてこない。

私は今日から、『帰ってきた日々ごはん⑦』のパソコン上での粗校正をはじめた。

料理本のテキストをついに書き終え、今朝、赤澤さんと立花君にお送りしたので。

コロナウイルスには生姜やにんにく、こしょうや唐辛子がいいらしいと姉が教えてくれたので、きのうは玉ねぎと生姜をよく炒め、スパイスもいろいろ入れた「コロナなんかぶっ飛ばせカレー」を作った。

本格的で、とてもおいしいインドカレーができた。

今日は、生姜たっぷりの、「コロナなんかぶっ飛ばせ生姜焼き」にする予定。

豚の生姜焼き
油揚げの甘辛煮
味噌汁（蕪）

夜ごはんは、豚の生姜焼き（玉ねぎと炒めた。水菜のサラダ添え、自家製マヨネーズ）、油揚げの甘辛煮、味噌汁（蕪）、ご飯。

それから、お知らせです。

三月十四日に予定していた「キチム」のトークショーにご予約くださった方、ありがとうございました。

今朝、奈々ちゃんと相談し、延期することになりました。

ご予約くださった方へは、奈々ちゃんから連絡が届くと思います。

私からも短い挨拶文を書いたので、最後に載せさせてください。

みなさんにお会いできるのを、とても愉しみにしていたのですが、

三月十四日のトークイベントは延期することになりました。

ごめんなさい。

春はもうすぐそこ。

近いうちにまた、神戸からとことこと出向きます。

——よくねむって、元気をなくさないこと。

あたたかい春になったら、そのさいしょの日に、

ぼくはまたやってくるよ。――スナフキンの手紙『ムーミン谷の冬』より

高山なおみ

三月三日（火）晴れ

五時半過ぎにトイレに起きたら、朝焼けがもうはじまっていた。

カーテンを開ける。

ラジオをつけると、「夜明けの歌」がちょうどかかっていた（これは間違い。あとで曲名を調べてみたらショパンの「別れの曲」だった）。

六時からは『古楽の楽しみ』。

今週は男の人。わりと静かな声の人。イタリアの古い教会音楽が延々とかかっている。

いつもみたいに布団を肩までかぶり、ベッドに腰掛けて眺めていたら、山の上の色がじわじわと移り変わっていくのが見えた。

太陽が顔を出す直前には、山と雲との間がオレンジ色の湖みたいになった。

今朝の陽の出は、六時半。

ぬるーりぬるーりと出て、姿を現すと、そこからはスポーン！　と昇っていった。

ボールみたいに。

なんだか軽そうだった。

さて、今日からまたひとりの日々がはじまる。

朝ごはんを食べたら洗濯して、『帰ってきた 日々ごはん⑦』の粗校正に勤しもう。

ラジオでニュースを聞きながら、いつものように家でこつこつ仕事ができることのありがたさ。

そうだ。

アムとカトキチが、これまでがんばってきた「エゾアムプリン製造所」を三カ月ほど休み、海外旅行に出かけようと決めたのは、一昨年くらいだったかな。

その日からじわじわと旅支度をはじめていたふたりの様子が楽しみで、私はホームページの「アムプリン冒険!」を開いては、ときに笑い、ときに驚きながら読んでいた。

旅に出ることが決まるとすぐに、アムは英語の勉強に毎日励んでいた。

そして、ロシアのなんとかいう特殊なビザを取るのは、代理店にお金を払ってお願いするのが普通なのだけど、カトキチは自力で取ろうとがんばって、ロシア語の書類をグーグルで翻訳しながら、何カ月もかかってようやく取得できた。

その喜びのアムの文を読んだのは、つい最近だった。

それなのに……コロナウイルスの影響で、旅は来年に延期することにしたのだそう。

そこで、みなさんにお知らせです。

アム、カトキチ、ムラと三人でがんばっても、一日に二十四個しかできない、正直者たちがこしらえるおいしいプリン。

いつもだったら、半年先の予約までいっぱいの「エゾアムプリン」ですが、このたび四月、五月、六月の分の受付をはじめたそうです。

詳しくは、「エゾアムプリン」のホームページをご覧ください。


今日は雛祭り。

前に、ほのちゃん（佐渡島の明日香ちゃんの長女）が折り紙でこしらえたお雛さまを、箱から出して飾った。

なぜか、お内裏さましかない。

あ、思い出した。お雛さまは、ほのちゃんが持って帰ったんだ。

ほのちゃんたちがうちに泊まりにきた日の日記は、今校正をしている『帰ってきた日々ごはん⑦』に出てくる。

夕方、ゴミを出しにいったら、真上の空に半月が。

小鯵の南蛮漬け
海苔の佃煮
味噌汁（長芋、大葉）

山から北風がビューッと吹いてきた。

そういえば、知らぬ間にずいぶん日が長くなったな。

本当は、雛祭りのちらし寿司を作って食べたいところだけど……。

夜ごはんは、小鯵の南蛮漬け（玉ねぎ、人参、水菜）、海苔の佃煮（生海苔で作った）、味噌汁（長芋、大葉）、卵かけご飯。

三月四日（水）
曇りのち雨

六時半に起きた。

雲がかかって、陽の出は見られなかったけど、山の稜線がオレンジ色に光ったとき、

「フィトフィフィ　フィトフィフィ　フィトフィトフィ」と澄んだ声がした。

ラジオでは聖歌隊の音楽がかかっていたのに、はっきり聞こえた。

猫森（東に見える林。猫がうつぶせになっているような形なのでそう呼んでいる）の枯れ枝のてっぺんに、小さな鳥がとまっている。

窓を開けると、口笛みたいに大きく響く。

前に、中野さんが言っていた、「ひとひとり」と鳴く小鳥だ。

手羽先とゆで卵の中華風煮
味噌汁（豆腐）
おにぎり

とってもいい声。

トイレに行って戻ってきても、まだ同じところにいる。

望遠鏡でのぞいたら、尾羽を広げたりしながら鳴いている。

灰色がかった小鳥。頭の下に白いところがあるみたい。

いちど、枝から枝へちょんちょんと移動し、こんどは向きを変え、さえずっている。

「ひとひとり　ひとひとり　ひとひとり」

六甲じゅうの人たちに、朝を知らせているよう。

フクロウの神さまが、人間界の空を飛びながら「銀の雫降る降るまわりに、金の雫降る降るまわりに」と歌うみたいに。

けっきょく、同じ枝の上で三十分以上も鳴き続け、西の森へと飛び立った。

朝風呂から上がったら、雨。静かな雨。

今日も『帰ってきた日々ごはん⑦』の粗校正をしよう。

きのうで二月が終わったので、今日から三月にとりかかる。

ずっと雨。

窓は霧でまっ白け。

夜ごはんは、手羽先とゆで卵の中華風煮（ゆで小松菜添え）、味噌汁（豆腐）、おにぎり

(紅生姜)。

三月六日(金) 晴れ

ゆうべは八時半にはベッドにいた。

本を読んで、寝た。

とてもよく眠れた。

最近はよく、母が夢に出てくる。

夢の中で私はいつも、(お母さんはもう死んでしまったから、生き返ったんだな) と思いながら、不思議でもなく一緒にいる。

ゆうべは、私の職場の小さなレストランの休憩部屋にいた。

移動式 (車輪がついている) の黒いソファーベッドに横になって、キッチンにいる私たちに大きな声で話しかけていた。

私は羊の乳をよく煮詰め、サフランを加えて混ぜる、ねっとりとしたゼリーのようなのをしおりちゃん (「クウクウ」時代の私の右腕) に教えてもらいながら作っていた。

母はとても元気で、しおりちゃんと私に肌着をプレゼントしてくれた。

しおりちゃんのは桜色、私のは白いレースつき。

なぜかそこは、アラブの国だった。

へんな夢。

今日は、午後から京都に出かける。

アノニマの村上さんが、宮下さんに会いにいらっしゃるというので、急きょ私も加わることになった。

去年からずっとやってきた『本の本（仮）』の打ち合わせだ（『本と体』として二〇二〇年に刊行されました）。

料理本のテキストも終わったことだし、『帰ってきた 日々ごはん⑦』の粗校正もあと一カ月を残すところなので。

「メリーゴーランド」で待ち合わせ。楽しみだな。

出かけるまで、レシートの整理をした。

この作業は、おとついくらいからはじめた。

五月、六月、七月と、病院の売店でよく小さな買い物をしている。

コンビニにもよく行っている。

六月一日の「セブン-イレブン」のレシートには、アイスコーヒーのR（レギュラーサイズ）と「みかんの牛乳寒天」と打ってある。

それは、母のおやつに買った。

でも母は、半分だけ食べ、「なおみちゃん、食べな」と身振りで私に伝えたんだった。

毎朝、売店に寄って、ポカリスエットを買ってから、エレベーターに乗って病室に向かった。

同じ日に何度も、売店、コンビニ、病院の近くのスーパーに通っているのがおかしかった。外の空気を吸いにいきがてら、散歩のようなことをしていたのだ。

懐かしい。

あのころ、母はまだ生きていた。

そして、母も私も、レシートの中でまだあのころを生きている。

では、行ってまいります。

早めに出て、「MORIS」にも寄ろう。

七時半くらいに帰ってきた。

ああ、楽しかった。

昼間からやっている「百練《ひゃくれん》」で、つまみ（ポテトサラダ、牛スジ煮込み、椎茸焼き、ホルモンとキャベツの炒めもの、季節の漬物盛り合わせ）をおかずに、ご飯セット（大根と油揚げの煮物、味噌汁、漬物）をしっかり食べ、錦小路を歩いて、黒七味やだし昆布、

「551」の豚まん半分
ゴボウの薄味煮
ゴボウと人参のサラダ

漬物、さつま揚げを買い、「イノダコーヒー」の本店で、カフェオレを飲みながら打ち合わせをした。

帰り道、烏丸《からすま》の駅に向かって、「大丸デパート」の地下を歩いていたら、なんと、お絹さん（中野さんの古いお友だち）に会えた！

とっても元気そうだった。

「メリーゴーランド京都」では潤ちゃんにも会えたし。なんか、いい日だったな。

夜ごはんは、「551」の豚まん半分、ゴボウの薄味煮、ゴボウと人参のサラダ（辛子マヨネーズ）。

三月十日（火）
小雨が降ったり、止んだり

八時十五分前に起きた。

寝坊した。

ゆうべは夜中に目が覚め、それからはずっとうつらうつらしていた気がする。

朝ごはんを食べ、「気ぬけごはん」の続き。

きのうから、「Operation Table」で作った料理のことを書きはじめ、いいところまできている。

三時には仕上げ、「暮しの手帖」の村上さんにお送りした。

運動不足なので、このところよく散歩をしている。

この間はポストまでのつもりが、女子大を通り越し、川まで歩いた。

今日はクリーニング屋さんに寄って、「コープさん」へ。

モクレンの白い花があちこちで満開。ユキヤナギも咲きはじめた。

桜の蕾も膨らみ、割れはじめているのもあった。

去年の今ごろは、「うさぎの子」を書いていたんだな。

そして、母はまだ元気で、入院さえしていなかった。

帰り道、小雨が降ってきた。

気持ちがいいので、しばらく濡れながら歩く。

傘を開いたら、さわさわさわさわと傘に当たる。

その音を聞きながら、霧のかかった山に向かって坂を上った。

夜ごはんは、豆腐ハンバーグ（粉ふき芋、人参グラッセ、菜の花炒め）、味噌汁（お麩、大葉）、ご飯。

豆腐入りハンバーグのタネは、半分残し、ミートボールにしておいた。

豆腐ハンバーグ
味噌汁（お麩、大葉）

明日、クリームシチューにして食べる予定。

夜、ものすごい大風。

ヒマラヤ杉が踊り、空では雲がぐんぐん流れている。

三月十一日（水）晴れ

（今朝の海は、白銀のスケートリンクだな）と、さっき思って今見たら、金の海。

太陽が顔を出したから。

さて、今日は何をしよう。

急いでやらなければならない宿題は、すべて終わった。

ひとつだけ、急ぎではない原稿書きがあるので、そのことを思いながら繕い物をしようかな。

あと、あちこち念入りに掃除をしよう。心静かに……のつもりだったのだけど、冬のコートのお仕立てを頼んでいる方が、「MORIS」にいらっしゃるとのこと。

なので急きょ、出かけることにした。

お散歩週間だから、帰りは歩いて上ろう。

急いで着替え、十一時に坂を下りた。

横断歩道のところの大きなモクレンの木は、まだ一分咲き。

「MORIS」ではボタンの相談をし、今日子ちゃんのおいしいマーブルケーキとお茶をいただいた。思いがけないティータイム。

薬屋さんにティッシュが売っていたので、買った。

坂を上っているとき、さすがに足腰がわなわなした。

「コープさん」からだったら、スイスイ上れるんだけどな（「MORIS」からはけっこう距離がある）。

二時前に帰ってきて、仕事の資料の箱を片づけた。

空は青く、窓からいい風が入ってくる。

お昼前に外出し、ささっと帰ってくるのってなかなかいいな。

夜ごはんは、クリームシチュー（豆腐入りミートボール、ソーセージ、コーン、人参、じゃが芋、菊菜）。

三月十六日（月）晴れ

おとついからまた、中野さんと「Operation Table」に来ている。

「キチム」でのトークイベントが、延期になってしまったので。

きのうは、展覧会の最終日で、早めの夕方からぽつりぽつりとお客さんたちが集まり、閉幕の宴がささやかにはじまった。

どのくらいの人が来てくださるのか分からなかったのだけど、私は昼間のうちから、なんとなしにごちそうを支度していた。

何を作ったんだっけ。

まず、「うらんたん文庫」のおふたりが持ってきてくださった巨大椎茸（彼らが育てたもの）を大きめに切って、にんにくとたっぷりのオリーブオイル、アンチョビペースト、白ワインで炒めたら、見た目も歯ごたえもアワビみたいになった。

あとは、じゃが芋のお焼き（クリームチーズ入り）、アジアンつくね（ムキ海老入り・クレソン添え・手作りスイートチリソース）、アボカドやっこチャイナ（オイスターソース、醤油、ごま油）、キャベツとクレソンとミニトマトのサラダ（手作りマヨネーズ）。

朱実ちゃんが若松で買ってきたキノコ類と、真喜子さんの冷蔵庫にあった小ぶりの椎茸で、いろいろキノコの中国風炒め（椎茸、しめじ、ひらたけ、エリンギ、にんにく、ごま油、オイスターソース、醤油）。

若松産直牡蠣の殻焼き&自家製ベーコンは、樹君作。

ハモ（「黄金市場」で仕入れた）の湯引きは、真喜子さん作。

お客さんは十人ほど（私たちを入れて十五人くらい）で、一月にやったイベントの記録映像を見ながら、自由に食べたり呑んだり、お喋りしたり、笑ったり。

最後に生姜、にんにく、スパイスたっぷりの「コロナなんかぶっ飛ばせカレー」を食べ、お開きとなった。

今日はそれぞれが、それぞれのことをして過ごしている。

真喜子さんは朝早く、病院へ。

樹君はギター教室があるので、朝ごはんを食べて十一時半くらいに出かけていった。

中野さんは絵の搬出作業を、ひとりでこつこつとやってらっしゃる。ときどき、朱実ちゃんが手伝ったりもしているみたい。

私は冷蔵庫にあるもので、夜ごはんのためにこちょこちょと料理。

何を作ったかというと、刺し身コンニャク、コンニャクの炒り煮、白菜と油揚げの薄味炊き。

あと、空き地に自生している若い蕗の葉をゆでて刻み、蕗みそを作った。

今日は、朱実ちゃんの幼なじみのキナコちゃんが、食材持参でやってきて、何か作ってくれることになった。

とても楽しみ。

コンニャクの炒り煮
連子鯛の塩焼き
モミジの台湾風煮込み（キナコちゃん作）

夜ごはんは、刺し身コンニャク（ワサビ醤油&にんにく醤油）、コンニャクの炒り煮、白菜と油揚げの薄味炊き、連子鯛《れんこだい》の塩焼き（樹君がお腹を出して新鮮なうちに塩をし、冷蔵庫に入れておいたもの。大根おろし、橙）、モミジの台湾風煮込み（キナコちゃん作。鶏の足首から下を、紹興酒、醤油、砂糖、根深ねぎ、生姜、にんにく、八角でトロトロに煮込んであった。豚足に似た味でとてもおいしかった。煮汁はご飯にかけて食べた）。

三月二十一日（土）
※天気を書くのを忘れました

九時に起きた。
まだ眠れる、まだ眠れると思いながら。
目を開けたら、カーテンの隙間から黄色っぽい光が漏れていた。
これまでとははっきり違う明るさ、眩さ。
春の光。
北九州からは、おとついの夜に帰ってきた。
楽しい楽しい五泊六日の旅だった。
「Operation Table」には三泊し、朱実ちゃん&樹君の家に二泊した。

なんだか、文化も景色も違うふたつの国を旅して、帰ってきたような感じ。

今朝は、起きぬけ早々から、中野さんの絵が次々とパソコンに送られてきている。

見たことがある絵、ない絵。

夕方、また新しい絵が届いた。

満開のハクモクレンが、空に向かって開いている。

電灯みたいな花。

「Operation Table」のハクモクレンだろうか。紫色のモクレンも、少し混ざっている。きのう、中野さんをお見送りがてら坂を下りたとき、六甲の横断歩道のところの紫のモクレンが満開だった。

信号が変わるまでのしばらくの間、私は見上げていた。

あのとき私ははじめて、紫色の花弁の内側があんなに白いことに気づいたのだった。

まるで、内がハクモクレンで、外が紫のモクレンみたいだと思った。

見えたものが絵となって、目の前に在る。

そこにずっととどまっている。

なんともいえない幸福。

今はまだ、頭も体もぼんやりしているけれど、北九州でのこと、これからゆっくりゆっ

鯖の味噌煮
蕪の葉のおひたし
アカモク＆メカブとろろ（近所の魚屋さん）

くり書いていこうと思う。

夜ごはんは、鯖の味噌煮、蕪の葉のおひたし、アカモク＆メカブとろろ（朱実ちゃんちの近所の魚屋さんで買った。ねばりが強く、たまらなくおいしい）、味噌汁（蕪）。

三月二十二日（日）
ぼんやりした晴れ

七時半に起きた。

少しずつ、六甲のいつもの生活に戻ってきているみたい。

今朝は、いろんな小鳥たちがさえずっている。

あ、ウグイスもいる（まだあんまり上手に鳴けない）。

朝いちばんに、窓辺のテーブルで「気ぬけごはん」の校正をした。

「Operation Table」でのことを書いたので、すーっと入っていけた。

掃除をしたり、食器を洗ったり、セーターを手洗いしたりしながら、ぽつりぽつりと思い浮かんでくるのは旅の場面。

朱実ちゃんが、重ねておいたお茶わんを五つまとめて割ってしまったとき（その器は真喜子さんのお気に入りだった）、一瞬の沈黙のあと、真喜子さんが金継ぎをした器をいくつも出してきて、「私、金継ぎが好きなのよ。だからさ、細かい欠片も何でもとっておいて〜」と、笑い飛ばしたときのこと。

神戸に帰る日の朝、朱実ちゃんちの屋根に布団を並べて干してあるのが、若いころに私が住み込みのアルバイトをしていた、山小屋みたいだなあと思ったこと。

ずいぶんたって見にいったら、干してある布団の上で朱実ちゃんが寝ていて、パッと起き上がったとき、しっかりと寝起きの顔だったこと。

そのとき樹君は、向こうの屋根のてっぺんに体育座りし、遠くを眺めながら風に吹かれていた。それが、スイスの山のてっぺんの岩で、羊たちを放牧しながら雲を見ているペーターみたいだったこと。

「Operation Table」の展覧会場に石油ストーブ（火鉢のような丸い形）を運び込み、鶏のモミジをくつくつ煮込んでいたときのこと。そのとき、私たちはテーブルの方でちびちび呑んでいて、モンゴルのパオの中にいるみたいだなと思ったこと。

そしたらどこかからキナコちゃんがやってきて、ストーブの前に屈み、蒸しパンをもぐもぐ食べながら、鍋の中を見ていたこと。

私だったらお玉で混ぜたり、味見をしたり、モミジをつついたりしながら煮え具合をみるのに、キナコちゃんはただじーっと、ずいぶん長いこと、煮えている様子を見ているだけだった。

そして、いなくなったなと思ったら、醤油を持って台所から現れ、ほんのちょっと加えていたこと。

キナコちゃんは、煮汁の色や、煮込まれながら立てている泡の大きさや動き、モミジの色づき加減を見ていたのかな。

そんなふうに、視覚だけで味を確かめる人もいるんだなあ……と、目から鱗が落ちるほど感心したこと。

旅から帰ってきたら、絵本に関する嬉しいことがふたつあった。

ひとつは、『ふたごのかがみ ピカルとヒカラ』の色校正が、とても素晴らしい仕上がりになっていたこと。

『おにぎりをつくる』が三刷になったこと。

とてもとてもありがたい。

夕方、中野さんから新しい絵の画像が送られてきた。

ソウリン君が描いた絵。

生きものがたくさん。

山も水路もある。

花も咲いている。

夜ごはんは、具沢山のピリ辛味噌雑炊（蕪、えのき、水菜、ごぼ天、コチュジャン、温泉卵、焼き海苔）。食後にはっさく（「Operation Table」のお客さんにいただいた）。『きかんしゃトーマス』を見ながら食べた。

三月二十四日（火）晴れ

今日もとってもいいお天気。

小鳥たちがチュルチュルさえずっている。

海も、きらきら。

朝いちばんで、『みそしるをつくる』のテキストのことをやる。

あちこち掃除し、運動不足解消のために雑巾がけをした。

腰を上げて、足でしっかり床を蹴って。この間、子どもニュースでやっていた通りに。

息が上がり、しっとりと汗ばんだ。

お昼にご飯を炊いて、混ぜご飯。

カンピョウと干し椎茸を甘辛く煮たのが冷蔵庫にあるのが、ずっと気になっていたので。

いり卵を作り、いりごまたっぷりと、水菜をゆでて細かく刻んで混ぜた。

あとで、朝ドラの再放送を見ながら食べよう。

そして今日は、午後から苦楽園口（阪急の駅）に行く。

冬のコートが仕上がったそうなので、仕立ててくださった方のアトリエへ。

川沿いを歩いていくつもり。

桜は咲いているかな。

行ってきました。

六甲の桜は〝ちら〟。夙川《しゅくがわ》の桜は〝ちらほらちら〟くらい。

風が冷たかった。

約束の時間にはまだ早かったので、公園のベンチに腰掛けていたら、生け垣に見たことのない小鳥が遊びにきていた。

お腹は黄土色、オレンジ色がかった尾羽の長い、ぷっくりとした可愛らしい小鳥。

丸い種をつけたみたいな目が、くりっとしてとても愛らしい。

あっちに行ったかと思うと、またすぐに戻ってくる。

帰りは「ＭＯＲＩＳ」に寄って、ヒロミさんと今日子ちゃんにコートを見せ、バスに乗って、坂を上って帰ってきた。

桜の木にジョウビタキが二羽いた。

ちらし寿司もどき
水菜のおひたし
お吸いもの

私が見上げていても、ちっとも逃げない。

おかげで姿をよく見届けることができた。

お腹全体がオレンジ色で、尾羽は短い。頭は、黒と白に分かれている。

夜ごはんは、ちらし寿司もどき（お昼の混ぜご飯に、塩もみ胡瓜とマグロの中落ちをのせた）、水菜のおひたし、お吸いもの（今日子ちゃんの新潟土産の銀葉藻《ぎんばそう》）。

三月二十五日（水）晴れ

六時十分に目が覚めた。

カーテンを開けると、もう陽が昇ったあとだった。

冬に比べたら一時間ほど早くなった。

隣の建物にはまだ隠れてないけれど、ずいぶん移動したな。

日が長くなるというのは、太陽の軌跡の距離が長くなるということなんだろうか。

きのう公園にいた小鳥をインターネットで調べてみたら、ジョウビタキの雌だということが分かった。

雄はお腹がオレンジで、尾羽が長い。

なので、帰り道の桜の木にいたのは、ヤマガラだということも分かった。

「チー　チー」と、途切れ途切れに透き通った声で鳴く。

今朝はちょっと肌寒い。

それでも朝からなんとなしに衣替え。衣装箱の整理などをする。

厚手のセーターも手洗いした。

そして、刺繍をちくちく。

この間から、買ったばかりの紺色のワンピースの、大小の黒い水玉模様に沿って、青系の糸で刺している。

相変わらずチェーンステッチで。

窓辺に腰掛け、ときどき海を見ながら。

小鳥の声がすると窓を開ける。

「ツクピー　ツクピー」

シジュウカラだ。

お昼前に、中野さんから絵が送られてきた。

いろいろな花や、鳥たちがいる。

朱実ちゃんちで見たムスカリやサボテンもある。

春の光が、女の人の頭の上に降り注いでいる。

中野さんの家では、もうツバメが帰ってきたのだそう。
そうか、早いなあ。
でも、私は驚かない。
おとついくらいに読んだ『家庭ごよみ』に、ツバメのことが書いてあったから。

―ツバメの渡来―
まだ寒い春ですが、それでも関西以西の暖かい地方では、
ツバメがぼつぼつ姿を見せはじめています。
ツバメが姿をあらわすときは、平均気温が八〜九度になったころです。
桜が咲くのは平均気温が十度くらいになるといわれているので、
ツバメが姿をあらわすと間もなく、桜の花が咲き出すということになりましょう。

四時ごろ、山の入り口まで散歩した。
森に近づくにつれ、小鳥たちのさえずりが大きくなった。
今年も満開になった紫色の花を、一枝もらって帰る。
この花は、ええと……紫ニチニチソウだったかな。

納豆＆マグロの中落ちスパゲティ
チンゲン菜のにんにく炒め

思い出した。

ツルニチニチソウだ。

夜ごはんは、納豆&マグロの中落ちスパゲティ、チンゲン菜のにんにく炒め。

今日は早めにお風呂に入って、コメントの仕事をいただいている映画のDVDを見よう。

三月二十七日（金）雨

ゆうべから降り続いていた雨は、朝には止んでいた。

朝ごはんを食べ終わってから見ると、地面が濡れている。

水たまりに小さな波紋ができているので、また降り出したことが分かる。

静かな静かな雨。

そのうち窓が白くなってきた。

霧だ。

水玉のワンピースの刺繍は、きのうで終わってしまった。

さて、今度は何をしよう。

ずっと前に、リーダーが作ってくれたスカートをほどいて、エプロンに仕立て直そうと思う。

けれど私がやらなければならないことは、本当は、決まっている。

コメントをお願いされている『僕は猟師になった』のDVDを見なければ。

おとつい、冒頭を見ただけで、その先が見られなくなってしまった。

ワナにかかったイノシシの怯《おび》えた目を見たら、もうだめだ。

見るのが辛いから、もうコメントの仕事はお断りしようかと、ここ何日か迷っていたのだけれど、三時ごろ、意を決して見た。

姿勢を正してまっすぐに見ているうちに、どんどん引き込まれていった。

最後は、えーんえーんと声を出して泣いた。

しばらく動けなかった。

体ごと、五歳のなみちゃんに戻ってしまったような感じだった。

これは、とてつもない映画だと思う。

どうしよう。とてもじゃないけれど、言葉になどできない。

やっぱりお断りした方がいいんだろうか。

夜ごはんは、チャーハン（いつぞやの混ぜご飯で）、餃子スープ（チンゲン菜）。

映画を見終わったときには、しばらく肉を食べられなくなるかもしれない……という心になっていたのだけど、やっぱり食べよう！　と思い、解凍しておいた豚肉をチャーハン

チャーハン（いつぞやの混ぜご飯で）
餃子スープ

に加えた。

夜、言葉が出てきた。

すぐにパソコンに書き出した。

言葉にできないことを言葉にするのが、私の仕事だもの。

三月二十九日（日）快晴

ゆうべの風は凄まじかったな。

窓を揺らす暴れん坊の風に、大きく包まれているような長い夜だった。

ちっとも怖くなかったのだけど、うつらうつらしながらずっと何かについて考えていて、柱時計がひとつ鳴り、ふたつ鳴り、四つ鳴ったころにようやく眠れた。

何を考えていたかは定かではないのだけれど、多分、おとつい見た映画を反芻していたんだと思う。

おかげで、起きたのが十時だった！

カーテンを開けたら、ものすごく眩しい。

パジャマのお尻に当たる光が暑い。

ああ、すっかり寝坊した。

太刀魚の塩焼き
ゴボウのきんぴら
大根と大葉の味噌汁

おかげで、起きたのが十時だった！

カーテンを開けたら、ものすごく眩しい。

パジャマのお尻に当たる光が暑い。

ああ、すっかり寝坊した。

それにしても、ピーカンの空。

大風で清められたような空。

掛け布団を干そうとしたら、強風に煽《あお》られてひっくり返った。

今日もまた掃除機をかけ（このごろ毎朝かけている）、運動不足解消のために、腰を上げてタッツタッタと雑巾がけ。

部屋がきれいになったところで、『帰ってきた 日々ごはん⑦』の一回目の校正をはじめた。

二時から、『きらクラ！』（ラジオ番組）の再放送があるのも楽しみ。

夜ごはんは、太刀魚の塩焼き（大根おろし）、ゴボウのきんぴら（黒七味）、チンゲン菜のおひたし（ごま油、かつお節）、納豆、大根と大葉の味噌汁、ご飯。

三月三十日（月）
晴れのち曇り

七時に起きた。

今朝はちょっと肌寒い。

郵便局に急ぎの用事をしに、お昼前に出かけた。

もしかしたら、おとついの大嵐で散ってしまったんじゃないかと心配していたのだけれど、桜は蕾をつけたまま、ちゃんと咲いていた。

今年はなぜか、坂の上の木の方が開くのが早い。

いつも、いちばん遅くに咲くおじいちゃんの木（と呼んでいる）が、もう七分咲きだ。

神社の桜は、まだ四分咲きくらいだった。

ゆっくりゆっくり、深呼吸しながら歩いた。

歩いている人は誰もいない。

せっかく坂を下りたので、パン屋さんへ（なかなか混んでいた）。

「コープさん」で、苺と強力粉を買って帰ってきた。

とちゅうの公園でひと休み。水飲み場で苺をひとつ、洗って食べた。

そのおいしいこと。

木苺みたいに濃い甘み。

帰り道、風で折れた桜が側溝に落ちているのを、一枝拾った。

まだ蕾は開きかけ。首がしなだれかかっているけれど、元気になるかな。

帰り着き、すぐに水切りをして花びんにいけた。

さて、『帰ってきた 日々ごはん⑦』の校正の続きをやろう。

夕方、桜の花が開いてきている。

やった！

夜ごはんは、マッシュポテトのグラタン（合いびき肉、玉ねぎ、ブロッコリー）、ミニトマトのだし浸し。

夜、桜は半分の蕾が開いた。

階段の上の薄闇で、ひっそりと咲いている。

マッシュポテトのグラタン
ミニトマトのだし浸し

三月三十一日（火）
曇りのち晴れ

六時半に起きた。

今週の「古楽の楽しみ」の案内は、声が揺れるあの方だ。

カレーうどん
ミニトマトのだし浸し

関根敏子さん。

カーテンを開け、目をつぶって聞いていた。

そのあと、七時のニュースと天気予報を聞きながら、ベッドの中でストレッチ体操。

えいっ！　と起きた。

朝、映画のコメントをお送りしたら、リトルモアの福桜さんからすぐにお返事が届いた。

とても喜んでくださっている。

ああ、よかった。ほっとした。

赤澤さんにも、心機一転した料理本のテキスト（はじまりと最後を少し直した）をお送りした。

天気予報は曇りの予想だったけど、青空が見えている。

穏やかな春の風。

洗濯物を干し、あちこち掃除機をかけた。

さて、今日も心を下に据えて、『帰ってきた日々ごはん⑦』の校正をやろう。

とちゅうで、りんごのバターケーキを焼いた。

夜ごはんは、カレーうどん（鶏肉、大根、ねぎ）、ミニトマトのだし浸し。

桜は今夜も、階段の上の薄闇で、ひっそりと七分咲き。

＊3月のおまけレシピ

小鰺の南蛮漬け

小鰺8匹　玉ねぎ½個　人参⅓本　水菜1株　唐辛子
だし汁½カップ　その他調味料（2人分）

ときどき、たまらなく食べたくなる南蛮漬け。鮭の切り身でもよく作るけれど、頭からしっぽまで丸ごと食べられる小鰺がやっぱり最高。甘酢に浸かった野菜は、作りたての浅い味のものもおいしいし、冷蔵庫でひと晩浸けて味が染み、しんなりしたものもまたけっこう。漬け汁まで飲み干せる、ちょうどいいくらいの味つけです。ひとりでもこの分量で作り、何日かかけて楽しみます。緑の野菜はピーマンもいいけれど、水菜のシャキシャキが新鮮で気に入っています。


玉ねぎは芯を取って薄切りに、人参は皮をむいて5cm長さの細切りにします。水菜も人参と同じくらいの長さに切ります。

だし汁をバットに入れ、酢ときび砂糖各大さじ3、醤油大さじ2と½、唐辛子1本の小口切りを加えてよく混ぜ、浸け汁を作ります。浸け汁に玉ねぎと人参を加え、広げておきます。

小鰺はゼイゴと腸《はらわた》を取りのぞき、お腹の中まで流水でよく洗ってザルに上げます。揚げ油を熱している間に、布巾やペーパータオルで水気をよくふき取り、薄力粉をまぶします。お腹の中までまんべんなくまぶしてください。

揚げ油が170℃になったら、小鰺を4匹ずつ、2回に分けて揚げていきます。骨まで食べられるように、じっくりと揚げてください。きつね色になり、菜箸でつかんだときにジリジリという振動が伝わってきたら、揚げたてを浸け汁のバットに並べ入れ、玉ねぎと人参で覆います。最後に水菜を加え、全体をざっくり混ぜたらできあがりです。

1月

13日
誕生日プレゼントの
テーブル。

14日
朝ごはんのチーズトースト(中野さん作)。

くちぶえサーカス ミニアルバム

21日〜28日
「オペレーション・テーブル」で開かれた中野真典さんの展覧会。私も“くちぶえ一座”の団員（左から緑さん、真喜子さん、中野さん、私、朱実ちゃん、樹君）のひとりとして賄いを作った。
料理は中段左から「マルセイユ風漁師のスープ」、「謝肉祭のカレー」、「グラタン ＆ イカスミリゾット（真喜子さん作）」、右下「鯖のマリネ」。
※山福朱実さん、宮下緑さん撮影

30日　まっぷたつに分かれた空。

青の方角には大きな虹が出ていた。

2月

3日
夜ごはん。大根のおろしあんかけ煮、
冷やご飯（煮卵、ゆかり、青海苔）。

11日

13日
絵本『おにぎりをつくる』のサイン。
筆ペンでおにぎりの絵を描き、切り抜いて貼ってみた。

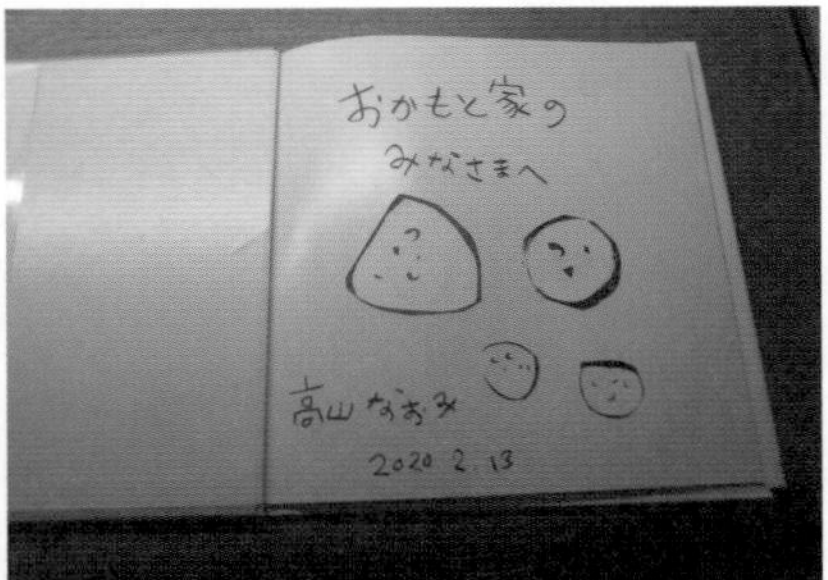

3月

3日　絵本『ふたごのかがみ ピカルとヒカラ』のゲラ。
つよしさんのオレンジみたいな太陽の絵。

12日
「しばしとどめん」という
中野さんの絵。
息を引き取る
前の母にそっくり。

21日
ハクモクレンの絵。

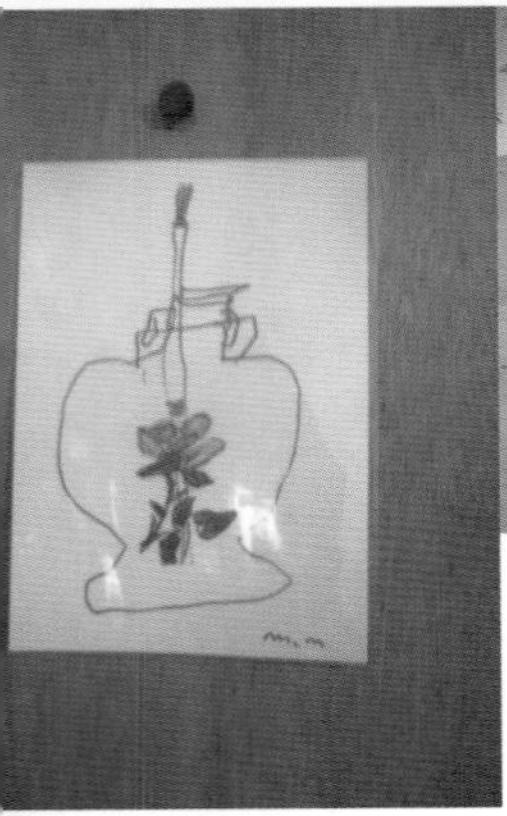

カバーの原画

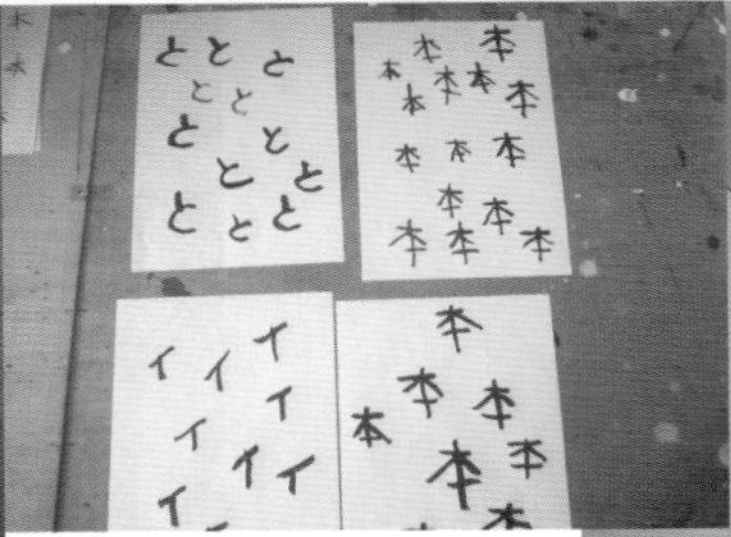

タイトル文字

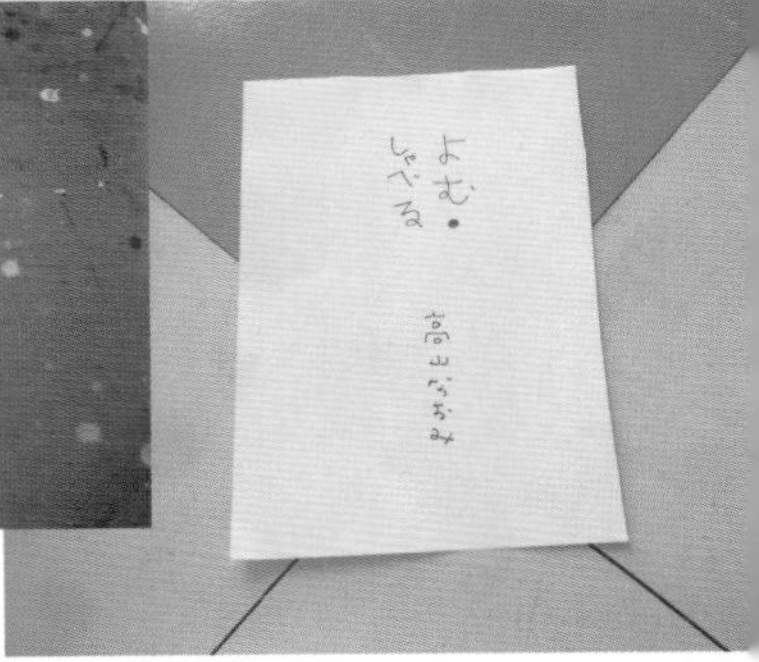

『本と体』制作ミニアルバム

『本と体』のために、部屋のいろいろな場所で書影を撮った。

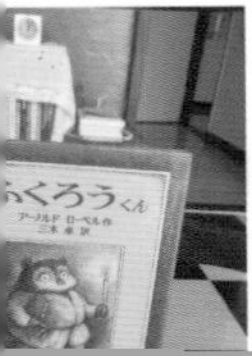

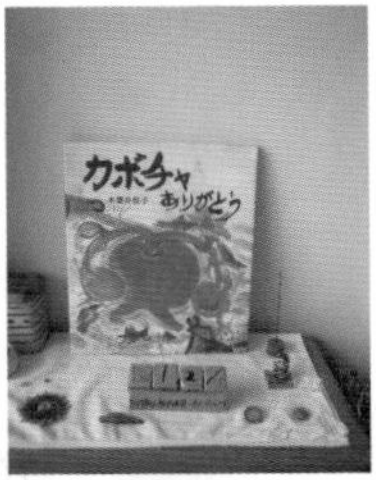

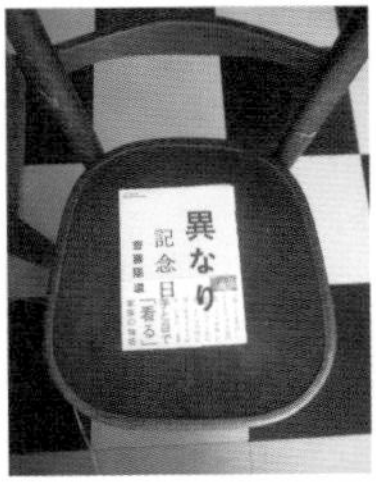

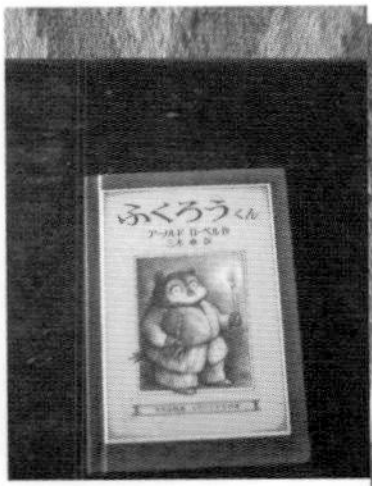

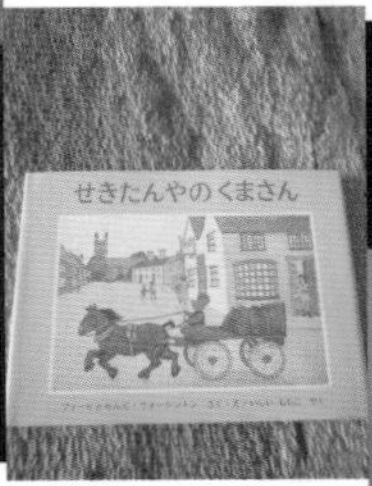

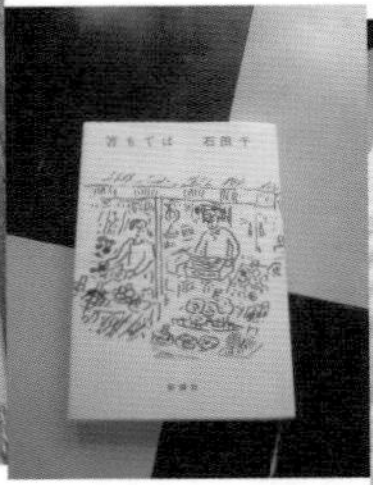

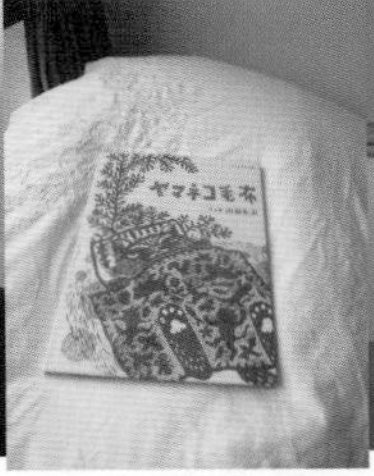

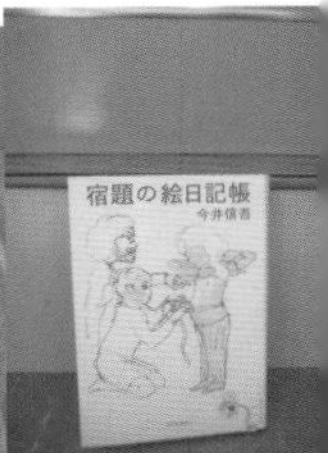

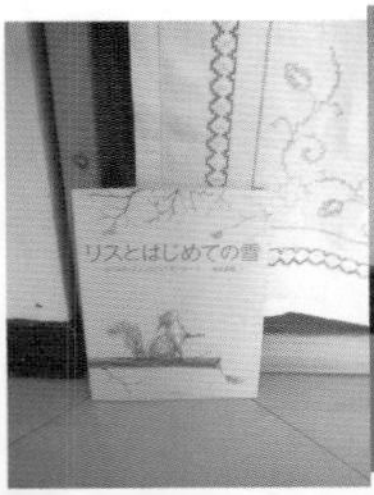

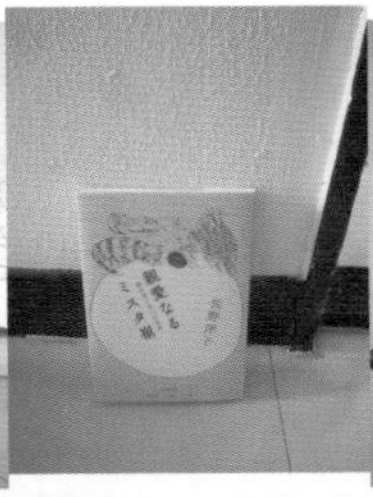

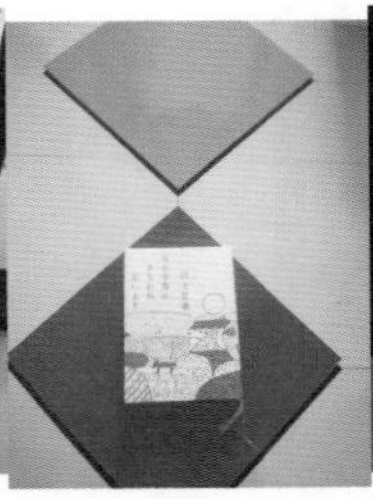

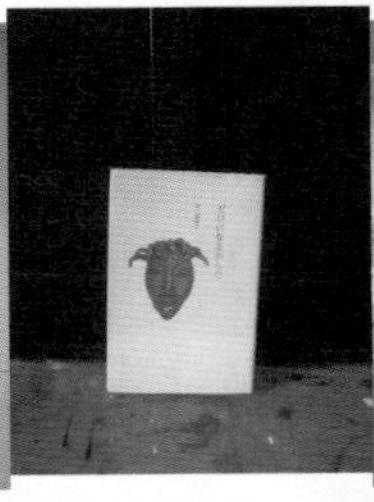

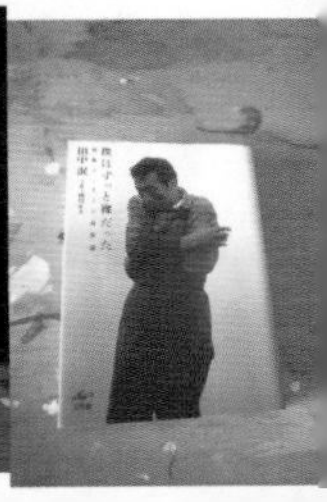

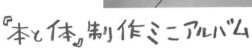

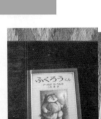

あの頃

アカシア・からたち・麦畑
佐野洋子

パンを焼いた。

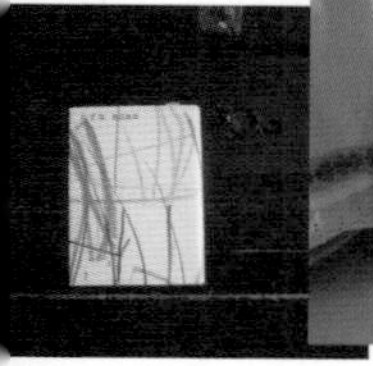

リスとはじめての雪

木を愛しなさい

わたしの
おいわいの とき

もの食う話

砂浜

博士の
愛した
数式
小川洋子

4月

2日
リーダーが縫ってくれた
スカートをほどき、エプロンに。

拾った桜の蕾が開いた。母の祭壇にも飾った。

3日
夜ごはんは、ホタルイカと菜の花のスパゲティ。

4日　夜ごはん。
チキンの辛いトマト煮
（ゆでた菜の花、
手作りマヨネーズ）。

5日　夜ごはんは、ヒロミさんに教わった肉豆腐。

5月

9日　夜ごはん。
塩鯖のバルサミコ酢ソース（焼きトマト添え）、
小粒じゃが芋の鍋蒸し焼き（中野さん作）など。

6月

4日　夜ごはんは、浅蜊とズッキーニのフジッリをたっぷり作った＆ワイン。

2日　夜ごはん。夏野菜たっぷりモズク酢冷や奴など＆ビール。

10日

13日　夜ごはん。
カップヌードル、
小松菜とちくわの炒めもの。

21日　夏至&日食の日、ヒロミさんと今日子ちゃんをお招きした。
夜ごはん。小海老入りトマトソースのフジッリ、
新玉ねぎのフライパン焼き（今日子ちゃん作）。
※すべて森脇今日子さん撮影

夕陽が海に映っている。

23日
ヒロミさんが撮ってくれた
「MORISS（スス）」からの写真。

25日　『帰ってきた 日々ごはん⑦』にサイン中。

絵本『みそしるをつくる』のための練習。

27日
昼ごはん。
もやし焼きそば（卵黄落とし）。

どこかで虹が出ているかもしれないような。

四月二日（木）
晴れたり曇ったり

六時に起き、ラジオを聞きながら目を覚ます。
ベッドの中でストレッチ体操。
今日は、晴れたり曇ったり。とても不思議なお天気。
部屋の中も、明るくなったり、暗くなったりせわしない。
空を見ると、雲の厚いところと薄いところがあり、流れている。
薄い方の雲がかぶさると、隙間から太陽がピカーッと顔を出し、明るくなるのだ。
シーツを洗濯して窓辺に干した。
いちど、部屋がとても不思議な色になり、二階に上がった。
一面、乳白色。
空の色と部屋の中の色（シーツも含む）がひとつになっている。
さて、『帰ってきた日々ごはん⑦』の校正の続きをやろう。
そして今日は、坂を下りよう。牛乳がなくなってしまったので。
ゆうべでレシートの整理が終わったので、スイセイに送ろう。
このごろの私の毎日は、校正、掃除、ストレッチ体操、お裁縫でできている。

大根の黒酢醤油煮
ホタルイカと菜の花の辛子酢味噌

きのうは、リーダーに縫ってもらったスカートをほどいて、エプロンにした。

藤色の地にひな菊模様の、可愛らしいのができた。

この生地はハワイ島で買った。『ホノカアボーイ』の料理の仕事をしていたころに。あれは何年前になるんだろう。今朝から腰に巻き、台所の洗い物や掃除なんかをしている。

空を突っ切る黒っぽい小鳥が二羽。

あ、ツバメだ。

六甲にもツバメが帰ってきた！

買い物から帰ってきて、続きの校正を少しやる。

夜ごはんは、大根の黒酢醤油煮、ホタルイカと菜の花の辛子酢味噌、味噌汁（豆腐、ねぎ、刻んだだし昆布）、おにぎり（ゆかり）。

四月四日（土）晴れ

六時に起きた。

太陽は昇ったばかり。

今朝は、カーテンをいっぱいに開けてみることにした。

大画面の映画を見ているよう。

ラジオでは、バッハの「ヨハネ受難曲」がずっと流れている。

雲も流れていく。

ゆっくり、ゆっくりと流れ、青空が広がってきた。

空は、でっかいな。

ラジオは、コロナのニュースになった。

今朝の太陽は、日食みたいに白く光っている。

と思ったら、また雲に隠れた。

『帰ってきた日々ごはん⑦』の校正は、きのうでひと通り終わった。

今日は、もういちど最初から見直そう。

いつもみたいに、雑巾がけをして部屋を清めてから。

三時くらいに休憩。

あと一カ月で終わるので、続きは明日やることにする。

「気ぬけごはん」の校正もした。

台所でトマトソースを作っていたら、青い大海原を小さなボートがスーッとすべっていくのが見えた。

あんまり気持ちがいいので、ビールを呑むことにした。

窓辺に立つと、お腹がオレンジの小鳥が杉の木に遊びにきている。

ヤマガラの雄だ！

東の空には白い月。

夜ごはんは、チキンの辛いトマト煮（ゆでた菜の花、手作りマヨネーズ）&ライス。

四月七日（火）晴れ

六時半に起きた。

今朝の『古楽の楽しみ』は、バッハの「マルコ受難曲」。

マルコさんのは、なんか、ゆるやかなような気がする。

そういえば去年の今ごろ、母が入院していたころに、「今は受難節だから、私もイエスさまと同じように、苦しみを受け入れることになっているんだと思う」と言っていた。

春も盛りのイースター礼拝の日、介護ベッドに寝ている母の代わりにみっちゃんと教会に行き、カラフルなゆで卵をもらって帰ってきたっけ。

コロナのことで東京がたいへんそうなので、朝、川原さんに電話をしてみた。

私も川原さんも家にこもって仕事をしていて、ほとんど出かけずにいるのは、普段とまったく変わらないのだけど。

川原さんはとても元気で、声に張りがあった。

お互いに喋りたいだけ喋った。

電話ってすごいな。遠く離れているのに、すぐそばにいるみたい。

いつものように掃除機をかけ、洗濯物を干し終わったころ、荷物が届いた。

パソコン用の二十一インチのモニター。

これは、長い間ずっと欲しかったもの。

私のパソコンはノートタイプで、持ち運びには便利なのだけど、気づくと首が前にせり出し、ものすごく変な姿勢で画面を見ている。だから首や肩がいつも凝っている。

大きな画面に映すことができたら、文字も拡大されるから、老眼鏡をかけなくてもできるもの。

つなぎ方をインターネットで調べ、試しているうちに……できた！

東京にいたころには、パソコンのことは苦手だからとスイセイに頼りっぱなしだったけど、落ち着いてやれば、案外自分でもできるんだな。とっても時間がかかるけど。

これで、プライム会員の特典映画が、大きな画面で見られるようになる（会員登録をするのもひと苦労だったのだけど、いろいろ調べて試しているうちにできた）。

午前中は映画。

『西の魔女が死んだ』を見ていて、どうしてもサンドイッチが食べたくなった。

おばあさんがパンに挟んでいたのは、黄色っぽいポテトサラダのようなのとハム、レタス。うちには今、クリームチーズが入った南瓜とじゃが芋のサラダがある。

作りたい、食べたい！

牛乳も切らしていたので、買い物に下りた。

「ＭＯＲＩＳ」で今日子ちゃんのおいしいケーキとお茶をごちそうになり、ヒロミさんには手作りのマスクもいただいた。

手持ちのマスクがあと二枚しかなかったので、とてもありがたい。

布の肌触りもいいし、細いストライプの素敵な柄だ。

帰りに「いかりスーパー」で、大粒の浅蜊を買った。

あと、ももハムとレタス。

パン屋さんは定休日だったから、自分で焼くことにしよう。

仕事にまつわるコロナの影響というのは、ほとんどないのだけれど、やけに外に出たくなってしまう。そして、誰かとお喋りしたくなる。物を買いたくなる。

コロナのもうひとつの影響は……引っ越し当時からちっともできなくて、いつかやろうと思っていた用事が、なんでもなくできていること。

自分が載っている雑誌の記事をファイルにまとめたり（引っ越しのときに切り抜きだけ持ってきた）、机まわりをすっきりと片づけたり、ズボンの穴を繕ったり。

夜ごはんは、ハムエッグ、ブロッコリーのおひたし（かつお節）、浅蜊の味噌汁、おにぎり（ゆかり）。

浅蜊がものすごくおいしくて、驚いた。

身のひだひだが、二重、三重になっているみたい。殻の縁ぎりぎりまで詰まっている。

今が食べどきだ。

ハムエッグ
ブロッコリーのおひたし
浅蜊の味噌汁

四月九日（木）晴れ

トイレに起きたら、明るくなりはじめていたので、もう起きてしまう。

五時四十五分。

太陽はちょうど昇りはじめたところ。

今朝のは、包丁で皮をむいたまん丸なオレンジのまわりに、汁がしたたっているみたいな、みずみずしい太陽だった。

そういえば、ゆうべの満月もすごかったな。

昇りはじめはもちろん、空の上でも大きいままで、桃色だった。

川原さんが「スーパームーンだよ」とメールをくれた。

「なんか、色っぽい月」とも書いてあった。

ほんとにその通り、うまいこと言うな。

お風呂上がりに窓を開け、私は長いことぽけーっと眺めていた。


今日もとてもいいお天気。

猫森の新緑が、日に日に伸びている。

九時から水道工事がはじまることを、管理人さんが知らせにきてくださった。

今日の施工は、明日のための準備だそうだけど、壁に穴を開けるらしく、「ものすごう大きな音がします。電話もできないくらいに大きな音ですのん。えらいすんません」とのこと。

十時くらいにまたピンポンが鳴って、水道を流すのもいけないのだそう。

洗濯機を急いで止めた。

騒音のこと、覚悟はしていたけれど、それほどには大きくない。

電話の声もちゃんと聞こえる。

水はボウルにためておいて、ケチケチ使うようにした。

そして私は、食パンも焼いた。

鶏肉の辛いトマトソース煮（いつぞやの残り）
南瓜とじゃが芋のサラダ

不便だけれど、山小屋みたいでちょっと楽しい。

それにしても今日は、珍しく電話が多かったな。

時間の流れも、なんだかおかしかった。

早く作りはじめてしまったので、夜ごはんはまだうんと明るいうちから、五時に食べた。

夜ごはんは、鶏肉の辛いトマトソース煮（いつぞやの残りに、バターで炒めたしめじを加えた）、南瓜とじゃが芋のサラダ、焼きたて食パン。

四月十日（金）
ぼんやりした晴れ

ちょっと肌寒い。

花冷えだ。

九時から水道工事がはじまるので、今朝は五時四十分に起きた。

雲間から、太陽が昇っている。

陽の出の位置がずいぶん東に移ったので、ベッドの上に立ち上がって窓の際からのぞき見た。もうじき建物の陰に隠れてしまう。

早めに洗濯し、大きなボウルに水をためておいた。

今日もまた山小屋だ。

『ふたごのかがみ ピカルとヒカラ』の見本が届いた。

ミルクティーを飲みながら、ゆっくりとページをめくった。

つよしさんの絵（銅版画に彩色されている）は、静けさが目に見えるよう。

夜の森に咲く花がたてる、かすかなもの音。

木漏れ陽が照り返す、せせらぎの水音。

葉ずれの音。

しんしんと降り積もる雪の日には、何もかも吸い込まれ、音がしない。

そして最後、海に沈むまん丸な太陽の絵はむきたての丸い果物から、光の汁がしたたっている。きのうの朝、私が見た陽の出にそっくりだった。

というより、太陽の方こそが、つよしさんの絵に似てしまったような。

きのうの朝は、そんなふうに見えた。

小野さんに見守っていただきながら、つよしさんとふくらませてきた世界が、三年近くかかってようやく形になりました。

「あかね書房」の榎さんのおかげです。

カバーに描かれているピカルとヒカラは、鏡の部分に銀色のインクが使われている。

「鏡泊」というのだそう。

窓辺に立って見ると、私の顔がぼんやり映る。

すごい！　ほんとうの鏡みたい。

色校正のときには、絵と文を確認するのに一心で試してみなかった。

母は、この絵本が出ることをとても楽しみにしていたので、祭壇に供えた。

「お母さん、お待たせ。できたよ」

『ふたごのかがみ　ピカルとヒカラ』は、四月十八日ごろから全国の店頭に並ぶ予定ですが、コロナウイルスの影響で本屋さんが閉店しているところも多いようです。

そしてもし、手に取っていただけることがあれば、カバーのピカルとヒカラの鏡に向かって、誰かとふたり並んで立ってみてください。

私もまだ試してないので、分からないのですが。

さて、どんなふうに映るでしょう。


美容院を予約した。

今日はひさしぶりに、六甲道まで歩いてみようと思う。

図書館が閉まっていて、淋しいな。

まだ明るめの夕方、桜が風に舞う坂道をゆっくり上って帰ってきた。

帰ってきてリュックを下ろしたら、ずっしり重くてびっくりした。

歩いているときには、それほど重さを感じなかった。

鍛えられたのかも。

夜ごはんは、レバーの醤油煮、釜揚げしらす（大根おろし）、小松菜のせいろ蒸し（ごま油、塩）、浅蜊の味噌汁（この間の残りに、細かく刻んだ春菊を加えた）、おにぎり（ゆかり）。食後にりんごのバターケーキ。

四月十六日（木）晴れ

とても暖かい。

見ている間にも、もわもわと伸びていく新緑。

海も穏やか、春霞。

今、二階だけ掃除機をかけ、洗濯物を干してきたところ。

ここ何日か、窓の近くにいた小さな蜂は、どこかに行ってしまったみたい。

日曜日に中野さんが車でいらっしゃり、きのうまで一緒に過ごした。

新しい絵本の原画を眺めながら、私のテキストが動いて、新たなダミー本を中野さんが

レバーの醤油煮
小松菜のせいろ蒸し
浅蜊の味噌汁（この間の残り）

作ったり。

マスクをして、「コープさん」に車で買い出しにいったり。

お昼ごはんに、屋上に上ってお弁当を食べた日もあった。

裏山は緑が増え、山桜が挿し色のようにほんのり。

緑といっても、黄緑も、黄色も、蛍光色の黄緑も、オレンジがかった緑もある。

『ふたごのかがみ ピカルとヒカラ』を掲げ、前に立つのもやってみた。

やっぱりふたりの姿は、それぞれの鏡にぼんやりと映っていた。

そうだ。

この間の日記で、「鏡泊」と書いてしまったけれど、「鏡箔」の間違いでした。

さて、今日からまたひとりの生活がはじまる。

熊谷さんとやっている中野さんとの新作絵本も、新しいデザインが上がってきた。

これは『それから それから』という題名の絵本です。

中野さんから大きなダンボールが届き、壁中に原画を立てかけていた日のことは、去年の十一月三日と四日の日記に書いた。

このままぶじに進んでいけば、リトルモアから六月に発売されるそうです。

どうかみなさん、楽しみにしていてください。

この絵本のもとができたのは、日記を遡ってみたら、二〇一八年の七月五日と六日のことだった。

豪雨が続いて窓際の天井が雨漏りし、電車が止まってしまった日。

うちの方でも避難勧告が出されたけれど、あちこちで山崩れや洪水の被害があった。

アノニマの村上さんと作っている『本の本（仮）』も、目に見える形になってきた。

『帰ってきた日々ごはん⑦』も順調に進んでいる。

料理本のことも、私のテキストと齋藤君の写真を照らし合わせながら、赤澤さんが粛々《しゅくしゅく》と進めてくださっている。

コロナは猛威をふるっているけれど、私はいままでみたいに家にこもり、自分にもぐり込みながら、ひとつひとつ宿題をやっていこう。パソコンの大きな画面を買っておいてよかった。

いままでと変わらないけれど、ごはんをちゃんと食べ、よく眠って元気をなくさないようにしよう。

そして買い物に出るときには、ヒロミさんのマスクをしよう。

このマスクをしていると、やさしく守られているような気持ちになる。

夜ごはんは、焼きそば（豚バラ薄切り肉、キャベツ、生卵）、キャベツサラダの焼き油

焼きそば
キャベツサラダの焼き油揚げのっけ

揚げのっけ（みょうが、大葉、玉ねぎドレッシング、醤油）。

キャベツのサラダは「おまけレシピ」の試作。

焼きそばは、この間テレビで見た通りに麺を茶色く焼きつけるやり方で作ってみた。

キャベツはいつもよりたっぷり。これは、ご飯のおかずになりそうな、クセになる味。

忘れたくないし、これから何度も作りたいので、「気ぬけごはん」に書こう。

四月十七日（金）
ぼんやりした晴れ

四時にトイレに起きた。

カーテンを開けると、まだ夜景がきらめいていて、空の低いところにオレンジがかった三日月がくっきりと出ていた。

まわりがぼうっと霞んでいる。

ハーッと息を吹きかけた窓の曇りのところに、指で描いたみたいな月だ。

ゆうべは、寝る前ぎりぎりの時間まで、『それから それから』の帯文を書いていたので、頭が昂《たかぶ》っているみたい。

言葉が浮かんできたので、暗いなかメモをする。

チキンと大根のカレー
サラダ

ラジオをつけたり消したりしながら、明るくなるまで待って、起きた。

五時半くらいに陽の出。

今朝のは、オレンジ味のグミみたいなのが、ぷっかん、と浮かんでいた。

朝から、また帯文の続き。

ああでもないこうでもないと、ずっとやっていた。

とちゅうでカレーを煮込みながら。

スパイスたっぷりの、本格的なチキンカレー。生姜もたっぷり入った、〝疫病蔓延〟なんかぶっ飛ばせカレー。

トマト缶がなかったので、トマトペースト二袋でやってみた。

あまり煮込まず、サラサラにしようと思う。

大根を加えようと思って、今、せいろで蒸しているところ。

夜ごはんは、チキンと大根のカレー、サラダ（キャベツ、レタス、トマト、ピーマン、玉ねぎドレッシング＋ごま油、醤油）。

カレーは、めちゃくちゃスパイシーでおいしかった。

ルウを使っていないから、たっぷりかけても太らないし。

四月十八日（土）
小雨のち晴れ

六時半に起きた。

朝から『それからそれから』の帯文。

できたかもしれない。

ゆうべは、雨がずっと降っていた。

何度か目覚め、まだ降ってる、まだ降ってる、と思いながら深く眠った。

夜中の雨はいい。

包まれる感じ。

朝方浮かんできた長めのフレーズを、忘れないようにメモしておいたので、そのままパソコンに打ち込んでいった。

それにしても、今日は不思議な色のお天気だ。

小雨がぱらついて薄暗いのだけど、明るさも混じっていて、クリーム色がかったピンクの空。

空というか、空気が。

緑も少し混ざっているような。

かと思うと、急に陽が射して、半分だけ黄色くなったり。

どこかで虹が出ているかもしれないような。

午後からは、『本の本（仮）』のゲラをベッドの上で読みはじめた。

ひさしぶりなのでまっさらな目で読める。

まだ文字を組んだだけの原稿なので、校正はしなくていいのに、気づいたところに、少しだけ赤を入れたりしている。

夜ごはんは、アラメと切り干し大根の薄味煮（油揚げ、人参、菜の花）、目玉焼き、菜の花のせいろ蒸し、味噌汁（豆腐）、おにぎり（黒すりごま、青海苔）。

四月二十日（月）
雨、晴れ、曇り

朝起きたら、シャワーのように雨が降っていた。

緑が気持ちよさそうにしている。

対岸の山は青く、空が明るい。

向こうは晴れているんだな。

朝ごはんを食べ終わり、パソコンに向かっていたら、東の空だけパーッと晴れてきた。

アラメと切り干し大根の薄味煮
菜の花のせいろ蒸し
味噌汁（豆腐）

おから
ひたし青大豆
鶏肉とうずらの卵の串カツ（「コープさん」の）

雨で洗われた三宮の街が、くっきりと見える。

もう長いこと行っていないけれど、三宮はどんな様子だろう。

きのうの夕方、中野さんから絵本の原画の画像が届いた。

そのたびに、大きい画面に映して眺めた。

今朝もどんどん送られてくる。

気が気ではないのだけど、私も『本の本（仮）』の原稿の読み込みを窓辺の机でがんばっている。


さて、今日は買い物に行こうか、どうしようかな。

四時過ぎに、散歩がてらマスクをして出かけた。

空気は清々しく、いろいろな花が咲いていた。

サツキ、ツツジ、ドウダンツツジ（パフスリーブみたいに可愛らしい、白い小さな花）、ハナミズキ、ヤエザクラ、コデマリ、ムラサキハナナ（うちのおばあちゃんが名づけた）、カラスノエンドウ、サクラソウ、カタバミ（紫色の）。

帰りの坂道は、けっこう汗ばんだ。

何日ぶりの買い物だったんだろう。

行ってきてよかったな。

「コープさん」はほどよく空いていて、とてもありがたい。

夜ごはんは、おから（舞茸とニラを刻んでごま油で炒め、アラメと切り干し大根の薄味煮を加えた。黒七味たっぷり）、ひたし青大豆、鶏肉とうずらの卵の串カツ（「コープさん」の）、おにぎり（黒ごま塩）、味噌汁（青大豆とゆで汁、豆腐、ニラ）。

四月二十一日（火）曇り

肌寒い。

朝からずっと作文を書いていた。

これは、きのういただいた宿題。

お風呂の中でも、ベッドの中でも考えていたので、するすると書きたいことが出てくる。

今は三時。

できたかも。

締め切りはまだ先なので、寝かせておこう。

今日は風が冷たい。

猫森の新緑は、きのうよりもさらに伸び、枝がほとんど見えない。

ゆわゆわと緑の重なりを揺らし、ところどころで葉が裏返っている。

おからハンバーグ
浸し青大豆
おから（ゆうべの残り）

なんだか気持ちよささそう。

私も窓辺の柵に足をかけ、太ももの筋を伸ばした。ストレッチをひと通りやる。

きのう、「コープさん」でおからのパックを買ってきたので、今日はおから入りハンバーグを作ろうと思う。合いびき肉も冷凍してあるし。

玉ねぎをバターで炒め、おからに牛乳を加えたものと、卵、ナツメグ、塩、こしょう。

つけ合わせは、粉ふき芋と人参グラッセ、ほうれん草炒めの予定。

お昼におにぎり（黒ごま塩）をふたつ食べたので、まだお腹がいっぱいだから、ご飯はなし。

さて、二階で『本の本（仮）』の続きをやろう。

夜ごはんは、おからハンバーグ（粉ふき芋、人参のグラッセ、ほうれん草炒め）、浸し青大豆、おから（ゆうべの残り）。

お風呂から出たらまだ明るく、空が蒼かった。

もう七時なのに。

ずいぶん日が長くなったな。

四月二十三日（木）
ぼんやりした晴れ

起きたらちょうど陽の出だった。

五時半。

ベッドの端に立って見た。

冬の間は、対岸の大阪の山から昇っていたのだけど、このごろは六甲山から昇るようになった。

まだ、ぎりぎり見える。

風はひんやりしているけれど、穏やかなお天気。

猫森の葉は、風が吹くと、あちこちで小鳥が羽ばたいているみたいに見える。

朝いちばんに、中野さんから絵本の原画の写真が送られてきた。

これまでのものと、見たことのない新しい絵も、絵本のページ順にすべて届いた。

大きい画面に並べ、テキストの最新のものを声に出して読みながら、一枚一枚映し出していった。

絵本をめくるように。

いいなあ、すごーくいいなあ。

ミネストローネスープ
茄子のフライパン焼き

そのあと電話をいただいた。

私は興奮していたので、受話器を持ったまま部屋中を歩きまわって、ハアハアしながら喋りたいだけ喋り、自分が騒がしかった。

中野さんは、「僕は今日、静かに過ごします」と、とても冷静。

今日は、アノニマの村上さんからも電話があった。

『本の本（仮）』のことで、一時間近い打ち合わせ。

お昼ごはんと朝ドラ休憩を挟んで、午後にもまたやった。

村上さんも自宅にいて、なんだかテレワークみたいだった。

ときどき、遠くで子どもたちの声がした。お昼ごはんには、お弁当を作っておいたのだそう。

なんかそういうの、いいな。

やっていることはいつもと変わらないのに、そういえば中野さんとのやりとりもテレワークみたい。

夜ごはんは、お昼をしっかり食べた（私もお弁当だった）ので、ミネストローネスープ（人参、大根、青大豆とそのゆで汁、ソーセージ）と、茄子を鉄のフライパンで焼き、醤油をジュッと落としたものだけ。

四月二十七日（月）
晴れのち曇り、一時雨

近ごろは陽の出を見て、カーテンを開け、朝の光のなかでラジオを聞きながらぼんやりする。

六時から『古楽の楽しみ』を聞いて、空を眺めたりして、そのうち眠くなってきたら二度寝する。

今朝はカンタータがかかっていた。

今週はまたあの方、関根敏子さんの担当だ。

そのあと七時のラジオを聞き、えいっと起きる。

きのうは、ひさしぶりに街に下りた。

六甲道でたっぷり買い物し、お店は休んでいたけれど、「MORIS」にも寄った。

ヒロミさんも今日子ちゃんも、元気そうで嬉しかった。

「MORIS」では、これまでずっとやりたかった通販のことを、今日子ちゃんが少しずつはじめているんだそう。

三人ともマスクをしたまま、自然に距離をとって話したり、笑ったりしているのも、なんかおかしかった。

二時半、さーーっと音がして、雨が降ってきた。

東の空だけ水色で、晴れている。

さっき、タオルケットを干しておいたのをとり込んでおいてよかったな。

窓を開けると、鶏小屋みたいな匂いがする。

なんでだろう。

四時半まで『帰ってきた 日々ごはん⑦』の校正をやり（三月までが終わった）、「おまけレシピ」の推敲も三月分までやり、今日の仕事は終わりとする。

雨上がり、二階の窓を開けると、ハーブのような青くみずみずしい香り。

いい匂いを吸い込みながら柵に足をかけ、ストレッチ。

空は晴れ上がっている。

ツバメが二羽、空を飛び交っているなと思って見ていたら、三羽、四羽……五羽だ！

それぞれに距離をとり、身を翻《ひるがえ》しては、大きく大きく。

あんまり気持ちがいいから、今日はビールを呑んじゃおう。

夜ごはんは、ブロッコリーと長芋とチーズの天火焼き、半熟ゆで卵、ビール。

窓辺のテーブルで、「Operation Table」の記録映像を見ながら食べた。

みんな、冬の格好をしている。あれは一月の末。まだ三カ月もたっていないというのに、もうずいぶん前のことみたいに懐かしい。

みんなに会いたいな。

四月二十八日（火）晴れ

六時に起き、カーテンを開けた。

もう太陽はとっくに昇っている。

今朝も『古楽の楽しみ』。

そして、朝いちばんにやったのは、スピーカーのこと。

おとついあたりから、シバッちに作ってもらったスピーカーが鳴らなくなった。

それで、ネジをはずして分解してみたのだけど、コードはちゃんとつながっているし、悪いところはない。

左側のスピーカーのコードをはずし、デッキの右側につなげてみたら、音が鳴らない。

それで、デッキ自体がおかしいことが分かった。

シバッちのスピーカーを左側につないでみると、とってもいい音。

やった！

春雨と豚肉とトマトのピリ辛炒め
大豆と昆布の煮たの
自家製しば漬け

スピーカーはひとつでも十分だ。

朝ごはんを食べ、洗濯機をまわしながら二階の窓辺でストレッチ。

今朝の緑は眩しいな。

小鳥たちも盛んにさえずっている。

このごろは、ひとりで家にこもっているのにも慣れてきた。

みんなもそうしていると思うと、なんとなしに心が落ち着く。

日々のくつろぎタイムは、お昼ごはんを食べながら見る朝ドラ『エール』と、お風呂上がりに見る「Ａｍａｚｏｎプライム」の映画。

外国のアニメーションがとてもいい。

夜ごはんは、春雨と豚肉とトマトのピリ辛炒め、大豆と昆布の煮たの、自家製しば漬け、味噌汁（浅蜊）、ご飯。

＊4月のおまけレシピ

ブロッコリーと長芋とチーズのお焼き

ブロッコリー（小）½個　長芋3cm　ピザ用チーズふたつかみ
かつお節軽くひとつかみ　その他調味料（1人分）

このメニューは、もとはといえば「MORIS」のヒロミさんがお好み焼きの前菜としてホットプレートで焼いてくださったもの。それを私なりにアレンジしてみました。すり下ろした長芋がゆでたブロッコリーをひとつにまとめ、ふわふわねっとり香ばしい。粉も卵も使わないのに、ちゃんとまとまるヘルシーなお焼きです。ここでは直径15cmにしましたが、ひと口サイズにすると、ひっくり返しやすいかもしれません。ブロッコリーの茎がとくにおいしいので、忘れずに入れてください。


ブロッコリーは小房に分け、茎の部分の皮をむいて1cm角に切ります。

長芋は皮をむいてすり下ろします。

鍋に湯を沸かし、ブロッコリーをゆでます（先に茎からゆではじめる）。

ザルに上げ、水気を切っておいてください。

フッソ樹脂加工のフライパンを弱火にかけ、米油小さじ1をひいて、ゆでたブロッコリーを密集させながら、丸くなるように並べ入れます。

ひと呼吸おいて、長芋のすり下ろしをブロッコリーからはみ出さないようにのせ、塩をひとふり。もうひと呼吸おいてから、チーズを広げてのせます。フライ返しでまわりを軽く押さえ、丸く形を整えます。

フライパンを動かし、お焼きがひとつにまとまっていたら、チーズの上にかつお節をふりかけ、ひっくり返します。

軽く焼き目がついたらできあがり。お皿をフライパンにかぶせ、返しながら盛りつけます。

味つけは塩だけで充分おいしいけれど、お好みで辛子醤油を添えてください。

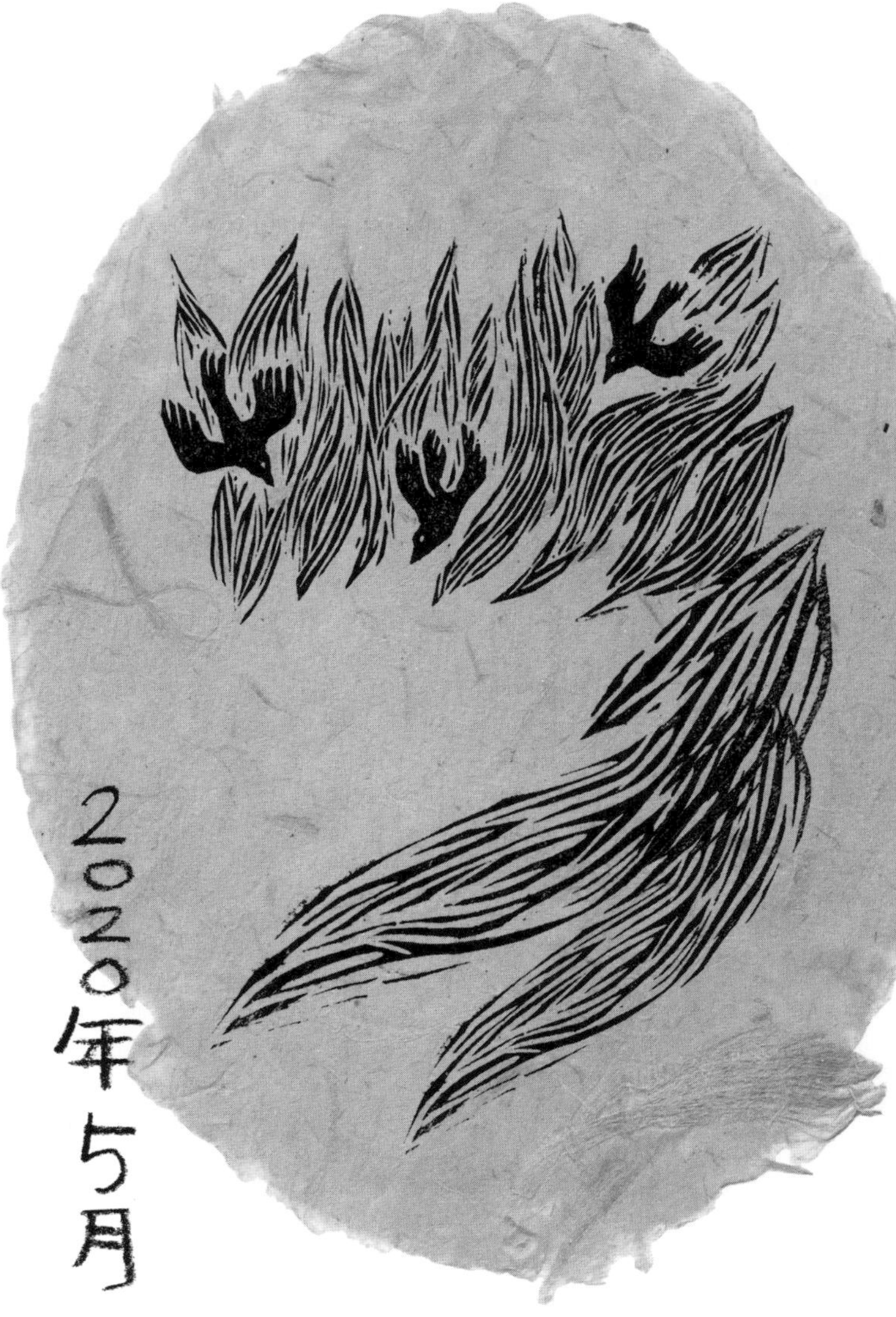

お母さんに見せたかったな。

五月一日（金）快晴

今朝の陽の出は見られなかった。

曇っているようだった。

ラジオの天気予報によると、今日は八十八夜。

立春から数えて八十八日目なのだそう。

♪夏も近づく八十八夜　野にも山にも　若葉が茂る

朝から、『帰ってきた日々ごはん⑦』の「あとがき」の続き。

きのう書き上げたつもりでお送りしたのだけれど、村上さんの電話の声を聞いて、まだまだなことが分かったので（どこがよくないとか、感想をおっしゃったわけではない）。

ぐっと集中して書く。

できたみたい。

二時に村上さんにお送りし、マスクをして「コープさん」まで散歩。

牛乳がなくなってしまったので。

うちの方は山が近いから、それほどには暑くなかったのだけれど、半袖のTシャツで犬の散歩をしている人がいた。

もう、初夏の陽気なのか。

この間、坂を下りたときに咲いていた花々はみな、盛りを過ぎていた。

今はサツキが花盛り。濃いピンク、薄いピンク、白も満開。

白いのをひとつ、母のためにもらった。

ゆらゆらと坂を上って帰り着く。

もう、日傘をささないと、陽焼けをする季節になったのだな。

海の見える公園で、「コープさん」で買ったりんごジュースを飲んでいるとき、武田百合子さんの『犬が星見た』のことを思い出した。

ウズベキスタンの砂漠の帰りだったかな、百合子さんたちはみんなバスを下り、橋の上で風に吹かれながらりんごの味のする水を飲んだ。

その場面だけが切り取られたように、写真みたいに、私の頭に残っている。

もうみんな、とっくの昔に亡くなった人たちなのに。

永遠に、時間は止まったまま。

夜ごはんは、お弁当（卵焼き、プレスハム、ほうれん草炒め）、豆腐サラダ（塩もみキャベツ、みょうが、大葉、しらす、辛子酢味噌）、チゲミルクスープ（きのうのチゲスープの残りに牛乳をちょっと加えた）。

お弁当
豆腐サラダ
チゲミルクスープ

人参とキャベツと鶏胸肉のスープ
炊き込みご飯

まだ明るいうちにお風呂に入った。

お風呂から上がって、パジャマに着替えていても、まだ空が明るい。

今日は、一日じゅう海に靄がかかっていたな。

五月四日（月）
ぼんやりした晴れ

ゆうべは雨が降っていたのかな。

地面が濡れている。

雨上がりの朝は、緑と木の匂いが強い。

ああ、いい匂い。

何度も窓辺に立ち、吸い込みながらやっているのは、『本の本（仮）』のパソコン上での推敲。

このところ、海が霞に覆われている日が続いていたけれど、今日は青い。

緑もますます濃くなっている。

夕方になっても、お風呂から上がっても、まだ匂い立っていた。

こういうのはきっと、今の時季だけ。

夜ごはんは、人参とキャベツと鶏胸肉のスープ（牛乳、ディル）、炊き込みご飯（干し椎茸、油揚げ、ゴボウ、人参、鶏肉。ゆうべの残り）。

五月五日（火）
曇りのち晴れ

七時に起きた。

寝坊した。

窓を開けると、今朝もまたイノシシの糞《ふん》が落ちている。

コロコロした小さいのは、ウリボウだろうな。

このところ四日連続。

毎晩、イノシシたちは山に帰る前にここで用をたす。

どうして山でしないんだろう。

ゴールデン・ウィークだというのに、管理人さんは毎朝やってきて、道路を掃除し、帰られる。

ご苦労さまです。

朝は曇っていたけれど、洗濯物を干している間にぐんぐん晴れてきた。

今朝は緑の匂いがしない。

葉っぱがつやつや光っている。

ピスピスピスと、小鳥たちもよく鳴いている。

飛行機雲が空の端から端へと、ぐんぐん伸びていっている。

今、先っぽが西の雲に隠れた。

さて、きのうひと通り推敲し終わった『本の本（仮）』を、今日は見直し。「はじめに」も書きはじめよう。

午前中、村上さんから電話があり、しばしテレワーク。

そのあと宮下さんとも電話でお話した。

ふたりとも声に張りがあり、とっても元気そうだった。

電話ってありがたいな。

ゆっくりと見直しをし、「はじめに」も書き終えた。

すべての原稿をまとめ、村上さんにお送りする。

まだ明るいけれど、もう五時半だ。

すっきりした気持ちであちこち掃除機をかけ、雑巾がけをした。

今日はちょっと動くだけで、しっとりと汗をかく。それが気持ちいい。

塩鯖のムニエル
塩もみサラダ
トースト

今年はじめてのアイスコーヒーを飲んだ。

ああ、おいしい。

中野さんの家族は今日、お姉さんの家の庭でバーベキューをするんだそう。

今ごろきっと、やっているんだろうな。

気持ちのいい夕方でよかったな。

羨ましいなあ。

夜ごはんは、塩鯖のムニエル（焼きトマト、バルサミコ酢、ディル）、塩もみサラダ（キャベツ、人参、ピーマン、マヨネーズ）、トースト。

風呂上がり、真上の空に朧《おぼろ》月。

五月七日（木）快晴

きのうから、中野さんが車でいらしている。

また、絵本の原画（新しい絵が何枚かある）を持ってきてくださった。

今日はお昼前に買い物に行った。

新在家《しんざいけ》にある地元野菜の大きなスーパー（「めぐみの郷」が移動したところ）へ、ひさしぶりに行くことができた。

沖縄の胡瓜にいんげん、淡路島の新玉ねぎ、スナップエンドウ、レタス、トマト、レモン、小粒メイクイン、水菜、小松菜、人参、苺を買った。

道ゆく人はみなマスクをしていたけれど、一時期よりもずっとたくさんの人たちが歩いていた。そして、車も多かった。

ちょうどお昼どきだったからか、ドアを開け放って食堂も営業していた。

六甲に戻ってきて、八幡さまの駐車場に車を停め、「六珈《ろっこ》」さんでコーヒー豆を買った。

「MORIS」のベランダでは、今日子ちゃんとヒロミさんがテーブルを出してランチ中だった。

大きく手を振り合う。

「いかりスーパー」と「オアシス」でもたっぷり買い物し、トイレットペーパーやティッシュも買えた。

六甲駅周辺は、少しだけのんびりしたムードが戻ってきたような気がした。

八幡さまの緑は、青空を背景に黄緑色が透けていた。

車の窓を開け放ち、五月の風を受けながら、緑がむくむく膨らんでいる山に向かって走るのはとても気分がよかった。

ほしかった物もすべて買えたし。

小松菜のアンチョビにんにくソース炒め、
ホタルイカのオリーブオイル炒め（中野さん作）
スナップエンドウの味噌汁

近所だけだけど、とってもいいドライブだったな。

帰ってから、遅いお昼ごはんにタイ風ピリ辛焼きそば（鶏肉、新玉ねぎ、胡瓜、トマト、レモン、香菜、赤唐辛子の酢漬け、ナンプラー、スイートチリソース）を作って食べた。

海は青く、緑はもくもく。

ラジオではテレサ・テンがかかっていて、焼きそばを食べながら、「タイにいるみたいです。歌もタイ語に聞こえてきました」と中野さんが言った。

中野さんが遊びにきてくれたおかげで、私のゴールデン・ウィークがはじまった。このところ二週間以上も、『本の本（仮）』と『帰ってきた 日々ごはん⑦』のことを根を詰めてやっていたから。

今日は夕方から、「Ａｍａｚｏｎプライム」の『真珠のボタン』という映画を見ようということになっている。

それまでにはまだ時間があるから、「気ぬけごはん」を書きはじめようか。

夜ごはんは、中野さんが作ってくれた。小松菜のアンチョビにんにくソース（きのうのパスタの残りのソース）炒め、ホタルイカのオリーブオイル炒め、ハワイのビール、ご飯、海苔の佃煮（ウニ味）、スナップエンドウの味噌汁（これだけ私作）。

五月十一日（月）　晴れ

ラジオをつけたら、ちょうど七時だった。

ニュースを聞いて、起きる。

中野さんはきのう、お昼ごはんを食べて帰られた。

今日からまた、私ひとりの生活がはじまる。

一緒にいる間、部屋を片づけた。

新しくなったのは、台所のカウンターのペンキを塗ったこと。

いらなくなった缶や紙箱を捨て、出ていたものをすべて画材入れにしまい、とてもすっきりした。

中野さんは、絵を描く用に壁に張り巡らされたベニア板も白く塗った。

私はきのうからその下に白いマットを敷き、ごはんを食べるのも、テレビを見るのもそこでするようになった。

よけいなものは何も置かず、そこだけ広々として白い。

なんとなく神棚みたい。

ちょうど、『気ぬけごはん』の単行本用のゲラが届いた。

今日からここに、ヒロミさんにいただいた黒檀の坐机を置いて、仕事をしよう。

その前に、次の号の「気ぬけごはん」を仕上げてお送りしなくては。

中野さんがいる間にやっておいたので、下書きはもうほとんどできている。

海は霞がかかっているけれど、よく晴れて、穏やかなお天気。

ピチピチパスパスと小鳥たちがあちこちでさえずっている。

風もなく、緑はつやつや。

さ、はじめようかな。

と思ったら、今ピンポンが鳴って、『帰ってきた 日々ごはん⑦』の三校と、アルバムのレイアウト案が届いた。

わ！ 先にこっちをやってしまおう。

夜ごはんは、ピリ辛チャーハン（牛そぼろのおにぎりをほぐして、小松菜、焼豚、スイートチリソース。生のスライス玉ねぎと香菜をのせ、レモンを搾った）、胡瓜とレタスのサラダ。

五月十三日（水）晴れ

五時半に起きた。

陽の出は見逃した。

ピリ辛チャーハン
胡瓜とレタスのサラダ

今朝は、ミサ曲がずっとかかっていた。

うとうとして、七時のニュースを聞いて起きた。

朝ごはんのあと、バスタブにお湯を張って絨毯を洗った。イタリアかどこかの洗濯女の気分で。

ウール用の洗剤を溶かし、足踏みをしているうちに、お湯が泥水みたいに茶色くなって驚いた。

そうか、そんなに汚れていたのか。

ここに越してきてから、五月十七日で丸四年。はじめて洗った。

さて、今日も『気ぬけごはん』の単行本の校正をやろう。

きのうからのんびりした気持ちで読み込んで、どうしてものところだけ赤を入れているのだけれど、よくもまあこんなに書いたもんだと感心する。

レシピもたくさん。

作っていたころのことはあまり覚えていないけれど、また作ってみたいものがいくつも出てきた。

まずは「ヤンソンさんの誘惑」と、「クリスマスの鍋焼きチキン」を作ってみたい。

今回は、東京にいた二〇一三年の冬から、現在までの分を一冊にまとめる予定。

小鰯の蒲焼き
小松菜と水菜のせいろ蒸し
おにぎり（牛そぼろ、大葉）

タイトルと発売日が決まったら、またお知らせします（『気ぬけごはん② 東京のち神戸、ときどき旅』として二〇二〇年に刊行されました）。

どうかみなさん、楽しみにしていてください。

牛乳とヨーグルトがなくなってしまったので、あとで、「コープさん」に買い物にいってこよう。

三時に行ってきた。

サツキの花ももうおしまい。ずいぶんしなだれていたけれど、下生えの夏草は伸び盛り。

「コープさん」で、たっぷり買った。

帰り道、山の緑はさらにむくむくと膨らんでいる。

この間、車に乗っていたときに中野さんが言っていたのだけど、ほんとに山が近くに見える。

そんな山を見ながら坂を上るのは、気分がよかった。

汗をかいた。

夜ごはんは、小鰯の蒲焼き、小松菜と水菜のせいろ蒸し、いんげんとスナップエンドウのおかか炒め、胡瓜の塩もみ、おにぎり（牛そぼろ、大葉）。

夜ごはんを食べ、手もとが暗くなるまで窓辺でお裁縫。

七時でもまだ明るい。

ずいぶん日が長くなったな。

今、遠くの方から夜景の灯りがついてきた。

五月十四日（木）晴れ

今日は、もう一枚の絨毯を洗った。

この間の絨毯は化学染料で染めたもので、二十七歳くらいのころに織った。

こっちは草木染めをしていたころのだから、二十五歳くらいに織った。

どちらもスイセイに会う前、国分寺の家に住んでいたころ。

そして、吉祥寺の家ではいちども使わなかった。

その織物が今、こうしてここにあり、冬の間なくてはならないものになっている。

そして、織ったころとほとんど変わらずにここにある。

そのことが不思議。

でも、そんなことを言ったら、私が毎朝毎晩、扉を開けては化粧水やクリームを取り出し、顔に塗り、またしまったりしてお世話になっているのは、子どものころから実家にあったライティングデスクだ。

これは祖父が作った。

上京した十九歳のころからずっと使っているのだから、いったい何年になるんだろう。

もうひとつ、最近不思議だなあと思うこと。

それは、母のことを一日として思わない日がないことだ。

入院していたころだけでなく、私が子どものころの母を、生々しく思い出したりもする。

目に見えるものと、見えないもの。両方ともが、とても近くにある不思議。

午前中はずっとお裁縫。

何をしているかというと、ハギレをつなげて座布団カバーを縫っている。

あと、ズボンのウエストがほつれていたのを繕った。

午後からは『気ぬけごはん』の単行本の校正。

集中して四時までやった。

今日は海が青いな。

ワインの炭酸割りでも呑もうかな。

夜ごはんは、くみ上げ湯葉（ねぎ醤油）、塩もみ胡瓜、チャーハン（焼豚、卵、水菜）、スプリッツァー。

くみ上げ湯葉
塩もみ胡瓜
チャーハン

お風呂上がり、もう、体がくったり。
窓を開けると、深々とした緑にスイカズラみたいな甘い香りが混じっている。

五月十六日(土)雨

六時半に起きた。
ラジオは合唱曲。
朝ごはんのあと、『気ぬけごはん』単行本の校正の続き。
しとしと雨。
霧も出ている。
雨が降ると、緑が匂い立つ。
宮下さんにメールをお送りしたら、京都は窓の外が見えないほどの雨だそう。
こちらはとても静かな雨。
ときどき窓を開けて、緑の匂いを吸い込みながらやった。
午前中だけでずいぶん進んだ。
三時には終わった。
と思ったら、新しい宿題がアノニマの村上さんから届いた。

ドリア
人参と白菜とちくわのサラダ

これは、明日ゆっくりやろう。

今はもう、海も街も何もかもが、どっぷりと霧に浸っている。

今日は、校正をしながらパンを焼いた。

ちかごろは、バスルームで発酵させるのが気に入っている。

洗濯機の上にタオルを敷いて、その上にボウルを置く。

生地はビニール袋をかぶせ、ときどき霧を吹いてあげると、時間はかかるけれどちゃんと膨らむ。

四時にパンが焼き上がった。

せっかくオーブンが温まっているので、夜ごはんのドリアも焼いてしまう。

ちょっと早いけれど、四時半に夜ごはん。

ドリア（黄色いご飯、ミートソース、パン粉と粉チーズをふりかけ、バターをのせて焼いた）、人参と白菜とちくわのサラダ（辛子マヨネーズ）。

ＹｏｕＴｕｂｅで『ムーミン谷のなかまたち』をみつけたので、大きな画面に映し、窓辺のテーブルで食べながら見た。

ずっと前に、川原さんがＤＶＤにしてくれたものより、もっと前のものらしい。

一話から順番に見る。

「姿の見えないお友達（ニンニという女の子の話）」が、とってもよかった。

明日も続きの、「笑顔がもどったニンニ」を見よう。

五月十九日（火）
霧雨のち晴れ、風強し

六時半に起きた。

カーテンを開けると、外はまっ白。

霧が前の道までできていた。

海も街も、まったく見えない。

ゆうべはずいぶん雨が降っていたからな。

朝ごはんのヨーグルトを食べているとき、霧はさらに深まり、猫森も隠れた。

今はもう、窓のすぐ近くまできている。

霧の日は、いつもと音が違って聞こえる。

車が通っても、郵便屋さんのバイクが通っても、霧に吸い込まれてやわらかい音になる。

窓を開けると、小鳥のさえずりが、アマゾンの密林みたい。

息を吸うと、ミストみたいな微細な水滴が入ってくる。

そしてずっと見ていると、目が眩しいみたいな感じになる。

白いからかな。

と思ったら、じわじわと明るくなってきた。

霧の向こうには太陽があったんだ。

きのう、北海道のカト&アムから山ウドが届いた。朝のうちに穫って、送ってくれたとのこと。

野生の山ウドの大束。今、台所で水に浸けているのだけど、そこに平沢の森があるみたい。

あとできんぴらを作ろう。

そして、あちこち掃除機をかけたら、今日も『気ぬけごはん』の校正に向かおう。

山ウドのきんぴらが、とってもうまくいった。ほろ苦い春の味。カトキチに教わったレシピは最高!

このレシピは、『気ぬけごはん』の単行本に載ります。

それにしても、今日は風が強い。

昼間、ちょっと外に出たら、木々は枝葉を翻し、私まで吹き飛ばされそうになった。

なので、今日は散歩はなし。

マカロニグラタン
山ウドのきんぴら

夜ごはんは、マカロニグラタン（白菜入り）、山ウドのきんぴら。

五月二十一日（木）晴れ

少し肌寒い。

今日は仕事をしない日と決めた。

『サラメシ』を見ながらお昼を食べ、『エール』を見てちょっと泣いて、支度して、出かけた。

ちょうどポストに、「球体」の号外（號外と書いてある）が立花君から届いていたので、それを持って。

銀行の用事をすませ、きのうヒロミさんに教わった小径をてくてく上って、神戸大学へ。

その小径は、石垣と夏草、海と街の景色に挟まれた細い坂道。

いつものコンビニの脇に、こんなにいい道があったとは。

大学内のコンビニでアイスコーヒーを買って、日陰のベンチで「球体」を広げて読んだ。

いいなあ。カッコいいなあ。おもしろいなあ。

今回の号外は「家について」。

いろいろな人たちが、家にまつわる短文を寄せている。

私も書いた。

四月二十一日に書いていた作文は、これです。

帰り道、「ウリボウロード」を歩いていたら、はじめて見る鳥がいた。シュッとしたスマートな鳥。

ひとことでいうと青だけど、青に藤色と灰色を混ぜたような、なんともいえない美しい色の羽。お腹はオレンジがかった茶、尾羽が長く、同系色が折り重なっている。

みみずか何か、細長い虫をついばんでいる。

ゆっくり静かに近づいても、逃げない。

五メートルくらいのところで飛び立った。

その飛び方も、優雅。なんてきれいな鳥だろう。

帰ってからインターネットで調べたら、イソヒヨドリというのだそう。

画像を見ていて思い出したのだけど……三月くらいに、うちの二階の窓のところにとまっていた鳥だ。

帰り着いたら五時。

もうお風呂に入ってしまう。

今日はよく歩いたな。

夏野菜とモズクかけ冷や奴
山ウドと鶏肉のきんぴら風炒め

風呂上がりに、窓辺でビール。

青い海を眺めながら。

夜ごはんは、夏野菜とモズクかけ冷や奴（オクラ、トマト）、山ウドと鶏肉のきんぴら風炒め、ご飯、味噌汁（新玉ねぎ、油揚げ、山ウドのやわらかい葉）。

五月二十四日（日）晴れ

起きたら七時半だった。

このごろは寝るのが遅いから、どうしても寝坊してしまう。

夜、「Ａｍａｚｏｎプライム」の映画やドラマを見るのがやめられない。

ゆうべとおとついは、『ミス・マープル』のシリーズを見た。

ひとつの物語が完結するまで二話、三話と続くのだけど、犯人が知りたくて、つい最後まで見てしまう。

ゆうべは、同じ回を二度続けて見た。犯人が分かった上で見る、というのがまたおもしろい。

何日か前に見た、『ぼくを探しに』というフランス映画も、とってもよかった。

ああ、ひさしぶりにいいものを見た、という感じの映画。

このところの私の日課は、午後の早い時間に仕事を切り上げ、神戸大学へ散歩にいくこと。

今日子ちゃんとヒロミさんも毎日歩いているらしく、ささやかな情報交換をするのがとても楽しい。それに、一緒に歩くのではなく、違う日、違う時間に同じ道を歩いている……というのが、なんかいい。

キャンパス内を出てからも坂が多いので、うちに帰り着くと、もう汗びっしょり。

だから、夜ごはんの前にお風呂に入る。

そして、ワインを呑みながら支度をし、窓辺のテーブルでできあがったのを食べ、あと片づけをしたら、映画やドラマの鑑賞。

寝るのは十一時とか十二時。

今日は、あちこち念入りに掃除。

すっきりしたところで、『帰ってきた 日々ごはん⑦』のアルバムのキャプションを書いた。

まだ、三時半。

海が青緑色。

赤ワインを開け、『幸せなひとりぼっち』というスウェーデン映画を見た。

これは、川原さんのおすすめ。

とても、とても、よかった。

ワインを呑みながら、まだ明るいうちから映画を見て、暮れゆく窓辺で夜ごはんを食べる。

ここに住むようになって、五年目の幸《さち》。

夜ごはんは、絹さやたっぷりのソース味焼きうどん（牛肉、絹さや、ねぎ。きのうヒロミさんから教わった）。

五月二十六日（火）
曇りのち雨

五時に起きた。

ゆうべは、本を読んで九時に寝たので。

この時間はもう明るいんだな。

いつものように、ベッドでうとうとしながらラジオを聞いて、七時に起き上がった。

午前中に、アノニマからいろいろな書類が届く。

まず、『帰ってきた 日々ごはん⑦』の最終校正をすませ、ポストに出しにいった。

小雨のなか、傘をさして。

歩きはじめたら気持ちがよく、この間みつけた新しい坂道を下ってみた。

そこは、登山口の方に向かってしばらく坂を上り、石碑のところで下る小径。

夏草がのびのびと茂り、家や畑に挟まれた、「ここはどこなんだろう……」というような田舎っぽい道。地図にはない道。

その細い急な坂道を、小学生の男の子がふたり、お喋りしながら上ってきた。

なんだか、子どものころの夏休みみたいな、懐かしい小径だった。

さらに歩いてまた神戸大学へ。

今日は、第一キャンパス。

正門から入って、すばらしい佇まいの古い校舎をゆっくりと見てまわった。

雨だから、散歩の人は誰もいない。

大きな木がいくつもあり、お茶の香りみたいな緑色の匂いもする。

緑のなかには、甘い香りがほんのりと混ざっていた。

あちこちでスイカズラの花が咲いていたから、その匂いだったのかも。

透明のビニール傘に、パラパラと当たる雨音だけを聞きながら気ままに歩くのは、とっても気持ちよかった。

カラスガレイのムニエル
山ウドのきんぴら

帰って、夜ごはんの支度をし、お風呂にも入ってしまう。
夜ごはんは、カラスガレイのムニエル（マスタード&バター醤油ソース）、山ウドのきんぴら、味噌汁（切り干し大根、大葉）、ご飯。

五月二十七日（水）
曇りのち晴れ

五時半に起きた。
窓を開けると、地面が濡れている。
ゆうべは、雨が降っていたのか。音はしなかったけど。
きのうは鳥たちの声で五時前に目覚めた。
そのとき、すでに明るかった。
このごろの陽の出は、何時くらいなんだろう。
隣の建物に隠れ、もう見えなくなってしまった。
今朝の『古楽の楽しみ』は、十八世紀のイタリアの音楽。
ベッドの上でコーヒーを飲みながら聞いた。
窓の方を向いて。

湿気をたっぷり含んだ空気は、朝の山の匂い。青い草葉の匂い。

ゆうべ、中野さんから電話があり、ひさしぶりに声を聞いた。

中野さんは今、自分の部屋の荷物を片づけたり、絵を描く部屋と寝室との間に柱を立て、ステンドグラスをつけたりして、大改造をしているらしいのだけど、この前聞いたときよりもさらに進化していた。

こんどは、分解した古い襖の木を使って、青い扉を作ったのだそう。柱をまた立て、ステンドグラスの隣に取りつけた。

ステンドグラスとの間は通り道があるので、扉を開けなくても出入りできる。役には立たないのだけど、「どこでもドア」みたいで楽しいのだそう。

朝はいつも、ユウトク君たちと原っぱにコオロギをつかまえにいって、カナヘビの夫婦(飼育している)にあげている。

そのコオロギは若いけれど、もう鳴くのだそう。まだへたくそで、「チ、チ、チ」「チュ、チュ、チュ」と、雀みたいな声に聞こえるんだそう。

ゆうべ私は、その声を思いながら寝た。

夜に鳴く、若いコオロギのかすかな声。

今朝は、朝ごはんのトーストにチョコをのせてみた。

うまいぐあいに溶けて、とってもおいしい。

いつもみたいにフライパンで片面を焼き（ホイルをかぶせて）、焼き目がついたらひっくり返して、バターのかわりにチョコをひと欠けのせ、またホイルをかぶせる。裏面にも焼き色がつくころ、チョコはちょうどよく溶けている。

今日は、アノニマから届いた『本の本（仮）』の初校に勤しもう。

夜ごはんは、タイ風焼きそば（新玉ねぎ、牛肉、人参、ピーマン、大葉、レモン）。

五月三十日（土）晴れ

ぐっすり眠って、五時前に目が覚めた。

六時に窓を開け、ラジオを聞きながら空を眺める。

リスと子どもが手をつないでいる……そのようにしか見えない雲。

子どもの手がじわじわと長くなり、ふたつの体は、たなびきながらひとつになった。

そのうちに、青い空に溶けた。

おとついはヒロミさん、今日子ちゃん、エミさん（前に淡路島に一緒に出かけた方）と元町の生地屋さんに行った。

電車に乗ったのは、何カ月ぶりだったんだろう。

電車は空いていたけれど、三宮のアーケードには人がいっぱいいいた。

私たちもそうだけど、みんなマスクをして歩いていた。

今日もまた、午後から電車に乗って夙川へ行く。

冬のコートを仕立てていただいた方のアトリエへ。

東京にいたころに買った水玉模様のワンピースの丈が短く、ずっと着られなかったのを、お直ししてもらう。

夙川から帰ってきたら、「MORIS」に寄り、歯医者さんへも行く予定。

それまで、『本の本（仮）』の校正に集中しよう。

アノニマから夏に出る予定の、この本のタイトルが決まった。

『本と体』といいます。

去年の春から夏にかけて、うちで開いた三人（筒井大介さん、齋藤陽道さん、中野真典さん）との対談と、感想文の数々を一冊にまとめました。

きのうは、中野さんとの新作絵本『それから それから』の最終校正も届いた。

デザインは祖父江さんがしてくださった。

神戸に越してきて、このような絵本ができたこと。それだけで感無量だ。

いよいよ、六月に発売されます。

『本と体』もまた、私がここにひとりで暮らすようにならなければ、生まれなかった本だと思う。

お母さんに見せたかったな。

どうかみなさん、楽しみにしていてください。

夜ごはんは、肉豆腐（牛コマ切れ肉、しらたき、菊菜、豆腐）。

お豆腐をいっぱい入れたので、ご飯はなし。食後にわらび餅。

蒼い闇のなか、今、とつぜん汽笛が鳴った。

ボオ———ボオ———！

お腹に響く音。

＊5月のおまけレシピ

土鍋肉豆腐

牛コマ切れ肉150g　しらたき1パック　舞茸1パック　菊菜1株
絹ごし豆腐1パック　だし汁1カップ　その他調味料（2人分）

この料理もまた「MORIS」のヒロミさんに教わったもの。ヒロミさんが土鍋のフタを開けたとき、中に大きな豆腐が2丁ドカンドカンと並んでいて、その潔さにグッときました。薄味＆多めの煮汁でことことと煮たお豆腐は、芯まで熱々。大きいので味が染み込みすぎず、たっぷり食べられます。その後、私流にアレンジし、味つけを少し濃いめに。豆腐は半分に切り、きのこも加えることにしました。舞茸の他しめじ、椎茸でもおいしくできます。菊菜のかわりに水菜を加えることもあります。ヒロミさんは、長ねぎを斜め切りにして加えていたっけ。この料理は土鍋でこしらえるのが最大のポイント。残ったら、お豆腐を大まかにくずし、天かすを加えて卵でとじてもおいしいです。ちなみに、100ページ・4月5日の肉豆腐の写真は、豚肉としめじ、青ねぎで作っています。


牛コマ切れ肉は大きければひと口大に切ります。しらたきは水から下ゆでし、ザルに上げて食べやすい長さに切ります。舞茸は食べやすい大きさにほぐし、菊菜は4cm長さに切ります。

土鍋にだし汁、酒とみりん各大さじ2、きび砂糖大さじ1、醤油大さじ2と½を合わせ、フタをして弱火にかけます。

軽く煮立ったら牛肉を広げて入れ、しらたき、舞茸を加え、豆腐を半分に切ってまん中にのせます。中火にして一度煮立てたら、アクをすくい、フタをして弱火でくつくつ。じっくりと豆腐に火を入れます。

豆腐の芯まで温まったら（金串を差して確かめるとよい）、菊菜を加えて火を止め、あとは余熱で火を通します。土鍋ごと食卓に出し、黒七味や粉山椒、七味唐辛子をふって熱々をどうぞ。

2020年6月

話したいことは、いくらでも出てきた。

六月二日（火）晴れ

八時に起きた。

寝坊した。

このごろは、よく歩くようになったからなのか、とても深く眠れる。

いくらでも眠れる。

ゆうべも、ベッドで本を読んでいるうちに、たまらなく眠たくなり、九時半には寝たというのに。

『帰ってきた 日々ごはん⑦』のアルバムキャプションの校正が終わったら、もうすることがなくなった。

きのう『本と体』のゲラをお送りしてしまったので、手もとには何も原稿がない。

『帰ってきた日々ごはん⑦』は、いよいよ入稿間近。

今巻は、神戸に越してきて一年がたったころの、冬から今ごろにかけての日記。

六月末に発売だそうです。

どうかみなさん、楽しみにしていてください。

さーて、今日は何をしよう。

午後から、カレンシャツ（直線断ちでとっても簡単）を縫うことにする。

おつまみ三種盛り合わせ
夏野菜たっぷりモズク酢冷や奴
鯛のオリーブオイル塩焼き（きのうの残り）

今は、ラジオを聞きながら、窓辺でちくちく。

とてもいい風が入ってくる。

海が青いなあ。

二階に上がったら、茶色とオレンジ、紫のスジが入ったきれいな蛾が、窓のところにいた。

また戻ってきたんだ。私が近づくと、パタパタと慌てて逃げようとするので、さっき、そっとつかまえて窓から逃がしてあげたのだけど。

もしかして、お母さん？

きのうから六月。

そういえば、母が再入院をしたのは、去年の今ごろだった。

青い空、白い月の前を、ツバメが滑空。

もう、ビールを呑んでしまおう。

と思ったら、大きな蜂が一直線に飛んで、目の前を横切っていった。

白い小さな蝶や、灰色の蛾もふらふら飛んでいる。

今はあちこちで、生きものたちがうごめいているのだな。

夜ごはんは、おつまみ三種盛り合わせ（新ゴボウとちくわのサラダ、新ゴボウのきんぴら、切り干し大根煮)、夏野菜たっぷりモズク酢冷や奴(塩もみ胡瓜&ピーマン、ゆでオクラ、トマト、みょうが、絹ごし豆腐、柚子こしょう)、鰯のオリーブオイル塩焼き(きのうの残り)。

六月十二日(金)
雨のち曇り

六時に目覚め、いつもみたいにラジオを聞いて、七時二十分に起きた。
霧で窓が白い。
雨は降っていないみたいだけど。
湿気が多く、たまっていた埃が床に張りついてペタペタする。
それでさっき、あちこち掃除機をかけ、雑巾がけをしたところ。
これですっきり。
仕事の電話もふたつ受けた。
夕方には、筒井君からもお電話をいただき、進行中の絵本の話をした。
長いこと、日記が書けなかった。

遡ってみたら、十日も間が空いている。

親しくしていた若い仕事仲間が急に亡くなり、しばらく東京に行っていました。

知らせを聞いたのが五日で、次の日には新幹線に乗って、東京にいた。

帰ってきたのはおとつい。

きのうは、何をしていたんだろう。

何をするにもゆっくりで、気づけばぼんやり。

夜も、まだうまく眠れない。

ゆうべは三時ごろに窓を開けたら、霧が膨らんで、白いのが道の方まできていた。

雨もなく、風もなく、木々は枝葉をだらんと下ろし、みなじっとしていた。

東京では、川原さんの家に泊めてもらい、ずっと一緒に過ごしていた。

マスクをして誰かに会いにいったり、偶然誰かに出会えたり。

お通夜も告別式も、近親の方たちだけで行ったそうで、みんな参列はできなかったのだけど。

毎日よく晴れて、川原さん、友人たち、いろんな人の口から彼女の思い出話を聞いて、関係のない話もたくさんし、笑い、食べて、呑んだ。

川原さんちには小さな時計しかなくて、今が何時なのかいつもよく分からず、でも、時間のことなど気になりもしなかった。

誰とも何の約束もしない、夜更かしと、朝寝坊の日々。

朝、というか昼、どちらかが起きたらなんとなく目を覚まし、パジャマのまま喋り合い、どっちかが紅茶かコーヒーをいれ、お腹が空いたらごはん（だいたい私が作っていた）を食べ、まただらだらとお喋り。

話したいことは、いくらでも出てきた。

川原さんの散歩コース（玉川上水沿いの小径）を、マスクをして歩き、少し陽焼けして、夕暮れとともに帰り、その日は餃子を作って食べたっけ。

酔っぱらって、川原さんと泣きながら、誰もいない雨上がりの道を歩いて帰った深夜もあった。

新神戸に着いたとき、土砂降りだったのだけど、駅で豚まんを買っている間に止んで、わーっと晴れた。

うちに帰ってきて窓を開けたら、空も海もまっ青で、境がなかった。

ここは、なんて広々としたところなんだろう……と、驚いた。

でも、もしも私が東京に出かけずに、ここにひとりでいたら、悲しみを抱えきれず、つぶれてしまっていただろう。

毎日、毎日蒸し暑く、街には人が多くごみごみし、人が立てる音で溢れていたけれど、私は川原さん、友人たち、それから東京という場に慰められ、帰ってこれたんだと思う。
若い友人をこの世界から見送るために、旅をして、帰ってきた。

そうそう。

今朝は、玄関の通路に置いた椅子に腰掛け、山を見ながら朝ごはんの紅茶を飲んだ。
ざあざあ降りの雨だったけれど、どんぐりのクリーム色の花が満開で、雨なんかに関係なく、小さな蛾たちが乱舞していた。

ひら ひら ふら ふら。

夜ごはんは、寄せ集め春雨炒め（東京に出かける前に冷凍しておいた牛肉とズッキーニ炒めの残り、茄子、新玉ねぎ、ピーマン、春雨）、モズク酢冷や奴（胡瓜、トマト、大葉、じゃこ）、山ウドのきんぴら、味噌汁（茄子、ズッキーニ）、おにぎり（ゆかり、黒ごま塩、青海苔のミックス）。

寄せ集め春雨炒め
モズク酢冷や奴
山ウドのきんぴら

六月十三日（土）

降ったり止んだりの雨

今日も霧。

窓が白い。

今朝は、五時半に目覚めた。

ゆうべもよく眠れなかったな。

でもこれは、物理的なこと。

お風呂から出たら、ものすごくムシッとしていたので、クーラーを送風にして寝たのがいけなかった。寒いやら、消すと暑いやらで。

私の体や脳みそは、神戸にいることを知っているらしいのだけど、東京に行く前と帰ってからの暑さの変化があまりに大きく、ついていけないんだと思う。

きのうから、うちの祭壇の小さな水のグラスがふたつになった。

母のと、彼女のと。

「おはよう」と声をかけ、新しい水と替える。

日めくりカレンダーをめくり、私の一日がはじまる。

東京に行く前、私は何をして過ごしていたんだっけ。

午前中にひとつ、テレビの仕事の電話がかかってきて、一時間も長話してしまった。

そして、東京にいる間、朝ドラを見逃した日があったので、お昼ごはんを食べながら一週間分の『エール』を見て、また泣いた。

カップヌードル（味噌味）
小松菜とちくわの炒めもの

お腹はぴーぴー。

こうやって少しずつ、神戸の私に戻ろうとしているんだと思う。

午後は何をしていたかというと、インスタグラムの言葉が読めるように、登録するのをやってみた。

これまで何度試してもつながらなかったのだけど、すんなりできた。

そして、亡くなった彼女のインスタをずーっと読んでいた。

そしたら、おすすめの料理本を紹介するリレーというのがあって、私のはじめての料理本『元気になるスパイスクッキング』を、彼女が上げてくれていた。

ツイートしている他の方々も、いろいろな人が私の本を紹介してくださっていて、それを読んで、胸がいっぱいになる。

みなさん、こんなふうに利用してくださっていたんだ。

ありがたいなあ。

あ、また雨が降ってきた。

今日は、そんな日。

夜ごはんは、いつか食べようと思って、ずいぶん前から買っておいたカップヌードル（味噌味）、小松菜とちくわの炒めもの。

六月二十日（土）晴れ

六時半に起きた。

ゆうべは肌寒かったな。

夜中に何度か目が覚めたけど、毛布をかぶってうつらうつらしているうちに朝がきた。

月曜日から中野さんが車でいらっしゃり、きのうまで一緒にいた。

ものすごくひさしぶりだったけれど、会えばすぐに、いつもの空気にすーっと包まれた。

どちらかがごはんを作って食べ、移りゆく空を眺めながら呑んで、眠り、朝起きてコーヒーを飲み、お裁縫して、買い物して。

雨の日には、傘をさして散歩した。

川へも行った。

四泊だけだったのに、一週間くらい一緒に過ごしていた感じがする。

梅雨の晴れ間と、雨の数日。そんな、なんでもない日々を過ごしていたのだけれど。

なんというのだろう。

人が生きていくのに大切な養分というか。

ふだんは体の奥深く、根っこの先だけがかすかに触れているもの。多分それは、生きることにまつわる悲しみや、歓び。言葉になる前の、ごちゃまぜの気持ち。

中野さんといると、そういうものが表に出てきて触れそうになる。

火曜日の朝には、「口笛文庫」のご夫婦が古本（中野さんが車で八箱ほどうちに運び込んだ）を引き取りにきてくださった。

その日だったかな。「植物屋さん」に行って、白と桃色の芍薬《しゃくやく》を一本ずつと、ホザキシモツケ、ハゼランを買って生けた。

亡くなった仕事仲間の彼女と、母のために。

そうそう。

私ははじめて俳句を作った（週刊漫画雑誌「ビッグコミック」の表紙句の仕事をいただいたので）。

ひと晩寝ているうちに三つできた。

俳句はおもしろいな。

母が寝たきりになったとき、よくノートに書きつけていたのだけれど、寝ながら言葉をゆらゆらと浮かべ、頭を遊ばせるのにぴったりだ。

私が句を詠み上げると、「八十点」とか、「九十一点」とか、即座に中野さんに採点されるのも、ゲームみたいで楽しかった。

今日はあちこち掃除して、「キチム」のトークイベントのことで奈々ちゃんと電話。

海老入りトマトライス
目玉焼き
胡瓜のピクルス

玄関の椅子に腰掛け、山を見ながら話した。

まだ、いつになるか分からないけれど、何か楽しいことができそうな予感。

それにしても、海が青いなあ。

縫いかけだったスカートを仕上げ、ズボンもとちゅうまでちくちく。

三時ごろ、体の小さいツバメがぐんぐん空を横切り、急降下して、猫森に入っていった。

きっと、今年生まれた若ツバメだと思う。

夜ごはんは、海老入りトマトライス（小海老とサフラン入りのトマトソースにケチャップを加え、冷やご飯を炒めた。エリンギ、玉ねぎ、ピーマン）、目玉焼き、胡瓜のピクルス。


七時。

海の一ヶ所だけ、オレンジ色に光っている。

見ている間にも、光はじりじりと大きくなり、縦に伸びてゆく。

消えはじめたら、あっという間。

たった今、太陽が山に沈んだんだ。

七時半ごろ、中野さんから電話があった。

今日はユウトク君たちと一日じゅう池の畔《ほとり》で遊んで、なんと、亀の産卵を見たのだそう。

あと、ナマズを二匹つかまえた。
ソウリン君が飼育していたツマグロヒョウモンが、羽化した。
蛹《さなぎ》から出てくるとき、血らしきものが水槽に流れたんだそう。

六月二十一日（日）薄曇り

五時半に目が覚めた。
窓を開け放ち、空を眺める。
なんとなく寝ていられず、六時に起きてしまう。
朝風呂に入ったついでに、バスルームのタイルの床を水で流して、タワシでこすった。
こんなことをしたのは、引っ越してきてから多分二度目。
あんまり汚れて見えないので、いつもは掃除機をざっとかけるだけなのだ。
とってもスッキリ。
もっと早くにやればよかった。
窓辺でちくちくしたり、掃除をしたり。
今朝はバナナチーズサンドをしっかり食べたので、お腹が空かない。
メールをしているうちに、今日子ちゃんとヒロミさんが急にごはんを食べにいらっしゃ

南瓜とじゃが芋を蒸したサラダ
サフラン入りのトマトソースパスタ

ることになった。

ああ、だからか。

おふたりを迎えるために、バスルームの掃除なんかしたんだな。

今日は夏至の新月。夕方の四時くらいから、日食もはじまるんだそう。

見られるだろうか。

午後、曇ってきた。

太陽が隠れてしまった。

海も白っぽい。

きのうはあんなに青かったのに。

今日は、あるものでお迎えする。

マヨネーズをこしらえ、南瓜とじゃが芋を蒸してサラダを作った。

サフラン入りのトマトソース（小海老を入れた）がまだあるので、パスタにしよう。

あとは、胡瓜とピーマンの塩もみにトマトを加え、ごま油をまわしたさっぱりサラダ、浸し黒豆（アムが送ってくれた北海道の黒豆で）、新玉ねぎを厚切りにして鉄のフライパンで焼く予定（けっきょく今日子ちゃんが焼いてくれた。厚切りではなく、頭のとんがりをつけたまま、くし形の四つ割り。油はフライパンの底に塗るくらいで、じりじりと気長に焼いて香ばしい焦げ目をしっかりつけてから、はじめてホイルをかぶせ、蒸し焼きに。塩も何もふりかけずに食べたのだけど、果物みたいにジューシーで、たまらなくおいしかった)。

三時ごろ、中野さんから写真つきのメールが届いた。

ついさっき、ツマグロヒョウモンがまた一羽、羽化したとのこと。

羽からしたたる赤い汁が水槽を伝い、底にたまっている。本当に、血にしか見えない。

今日は風がそよとも吹かない。

日食の前だからかな。

さあ、そろそろおふたりがいらっしゃる。

そうだ!

アノニマ・スタジオの村上さんが、『帰ってきた 日々ごはん⑦』の発売を記念して、楽しい試みをはじめました。

「読者参加企画で、『#私の日々ごはん』をつけて、あなたの日々ごはん(ごはんやおやつ)、高山さんの好きなレシピ、好きな巻、ことばや思い出、いろいろなーんでも、ぜひご投稿ください。高山なおみさんにもご覧いただきます! 愛読者の方もはじめての方も、『日々ごはん』ワールドにたっぷりと浸かってください」とのことです。

インスタグラムを開けるようになったので、私も楽しみに待っています。

六月二十三日（火）快晴

今朝のヨーグルトは、玄関の通路の椅子で食べた。

緑の山を見ながら。

きのうヒロミさんが、「MORISS（四階にできたスペース。「スス」と呼んでいる）」の玄関から見えるうちの写真を送ってくださった。

緑の山がもりもりと写っていた。しかも、とても高い。

緑深い大きな山に抱かれるようにして、うちのアパートがぽつんとある。

坂の下からは、こんなふうに見えるんだ。と思って、改めて眺めた。

でも、ここから見える山は、やっぱりそんなには高くない。

地図を調べてみた。

もしかしたら、奥にある山が重なって写っているのかも。

そうか、うちは本当に大きな山に守られているんだな。

おとついから、中野さんの絵の画像が、ぽつりぽつりと送られてくるようになった。

私は絵を眺め、なんとなくできた俳句を詠んでお返事すると、しばらくして採点のメー

焼き塩鯖
夏野菜のモズク酢かけ
ゆかりおにぎり

ルが届く。

楽しい!

ゆうべは絵とは関係のない句もでき、朝お送りしたら、九十三点だった。

最高得点だ。

窓辺でズボンをちくちくしたり、「キチム」のイベントのことで、奈々ちゃん、中野さんと、次々電話で話したり。

朱実ちゃんと樹君にメールを送ったり。

四時ごろ、『帰ってきた日々ごはん⑦』が届いたので、もうお裁縫はおしまい。

あとでベッドにごろんして、読もう。

それにしても、今日は海が青いな。

夜ごはんは、焼き塩鯖、大根おろし、夏野菜のモズク酢かけ(トマト、塩もみピーマン、みょうが)、ゆかりおにぎり。

お風呂上がりに、白くま(かき氷のアイス)。

夜景を見ながら食べた。

冷たくて、鼻のつけ根がツーンとした。

六月二十五日（木）
曇りのち時々雨

今日から雨が続きそうなので、きのうのうちに毛布を洗っておいた。

絹毛布だから、洗濯機にかけられる。

おかげでふんわりやわらかく、いい匂いに包まれて寝た。

もっと早くに洗えばよかった。

今週の『古楽の楽しみ』は、関根敏子さん。

曲について話す声が、揺れたりかすれたりする。

やっぱりいい声、朝にぴったりな声。

そして番組の終わりに、他の人たちはたいてい「それでは、今日もよい一日を」などと言うのだけれど、関根さんは何も言わない。

そこも好き。

このところ、朝のヨーグルトを玄関の椅子で食べるようになった。

ヨーグルトの果物は、きのうのうちにむいておいたオレンジと、プラム（今日子ちゃんのお土産）。

そしてまた、ここ三日連続の朝のお楽しみは、梅のジュレ（今日子ちゃん作）。

バターを溶かしたトーストの上から、とろりとかける。

甘酸っぱく、ほんのり梅の香りがして、梅の花のはちみつみたい。梅の種から作るんだそう。

トーストも玄関で食べた。

どんぐりの花はすっかり散って、青くて堅い小さな丸い実ができはじめている。

今朝は、山のてっぺんに霧が少しかかっている。

いつ雨が降り出してもおかしくないようなお天気。

今日は、『帰ってきた日々ごはん⑦』のサインをしよう。

届く前にあちこち掃除機をかけ、雑巾がけをして迎えよう。

今、ザーーーッと音を立て、雨が降りはじめた。

窓の外はまっ白。

風で雨が吹き込んでくる。

慌ててあちこちの窓を閉めてまわる。

このところずっと晴れの日が続いていたけれど、梅雨だもの、どんどん降ってもらわなくては。

そのあとすぐに止み、もう雨は降らなかった。

鶏の塩焼き
冷やしトマト
ご飯

そういえば、このところ『帰ってきた日々ごはん⑦』を、寝る前に毎晩楽しみに読んでいる。

今巻は神戸に引っ越してきて、季節がひとまわりしたころ。

よく外に出かけているし、家にいるときにも窓からの景色にいちいち驚き、感じ入っている。

みずみずしい感性。なんだか旅をしているときの日記みたい。

もう、自分の書いたものとは思えず、少しずつしか前に進めない。

今の私は、あのころとは違う。ずうずうしいくらいに、ここでの生活そのものを楽しんでいる感じがする。

夜ごはんは、鶏の塩焼き（出てきた脂で豆苗を炒めた）、冷やしトマト（塩）、ご飯（黒ごま塩）、昆布の佃煮。

六月二十六日（金）
※天気を書くのを忘れました

海も山も、霧に包まれている。

まっ白け。

朝からずっと。
空気もひんやり。
ラジオでは北欧の音楽がかかっているのだけど、霧のせいなのかすぐに雑音が入る。
それもなんかいい。
外国にいるみたい。
「MORIS」まで、歩いていけるかな。
今日は展示会のお手伝いをしにいく。
十一時ごろ、霧が晴れてきた。
風も涼しくて、お出かけ日和だ。
今、ピンポンが鳴って、管理人さんがいらっしゃった。
これから一時間ほど停電するのだそう。
「電気も、水も、これ（呼び鈴のこと）も、みな止まります。よろしくお願いします」
扇風機が止まり、停電したのが分かった。
パソコンの画面はつくのだけど、ネットがつながらなくなった。
びっくりするほど静か。
しーんとしている。

私はふだん、こんなにも電気に囲まれながら、生活をしているんだな。

この静けさをもうしばらく味わっていたいのだけど、なんか、落ち着かない。

そろそろ出かけよう。

夜ごはんは、蒸し穴子のお寿司（「いかりスーパー」の）、レタスと大葉のサラダ（手作りマヨネーズに酢を加えてのばした）。

六月二十八日（日）
曇りのち晴れ、一時雨

きのう、寝室に大きな蜂（足を入れて五センチくらいある）が迷い込んできた。

寝るときにはさすがに怖いので、窓を閉め、網戸とガラスの間に閉じ込めておいた。

「ごめんね」と声をかけながら。

でも、ゆうべはいちども羽音がしなかった。

蜂も夜は眠るのだな。

そのままにしておけば、いつかは弱って死んでしまうだろうから、放っておこうとも思ったのだけど……朝風呂から上がったとき、勇気を出してバスタオルでふんわり包み、窓の外で振ってみた。

前に管理人さんがやっていたように。

ブ————ンと飛んでいった。木に向かって。

ああ、よかった！

朝ごはんを食べ、油でベタベタになっていたガスコンロの脇を掃除。

台所の床もセスキ水をスプレーしてこすり、雑巾がけした。

リビングも掃除機をかけ、窓辺のテーブルの下のマットをはずした。

あちこちすっきり、夏仕様になった。

さて、文の仕事をはじめようかな。

二時ごろにザーッと音を立て、シャワーみたいな雨が降ってきた。

外はほの明るく、すぐに上がった。

雨上がり、ゴミを出しがてら山の入り口まで上る。

風はそよとも吹かず、驚くばかりの蒸し暑さだった。

夜ごはんは、タイカレー（いつぞやの。蒸したささ身、えのき、トマトを加えた）、塩もみ人参とレタスサラダ。

タイカレー（いつぞやの）
塩もみ人参とレタスサラダ

六月三十日（火）雨

明け方、夢に亡くなった彼女が出てきた。

彼女はうちに遊びにきていて、もう帰ろうとしていた。

私はお土産をみつくろっていた。

うちにある中で、いちばん上等な絨毯（どこかの国で買ったもの）、本など。

あと、塩も。

塩の粒を小鍋に入れ、水を加えて煮溶かして、広口の小さなビンに流したら、だんだん固まってきた。肌色がかった薄いピンクの、とてもきれいな塩の結晶。艶があり、桜貝みたいな色だった。この塩は削って使う。

折りたたんだ絨毯や本を小脇に抱えていた彼女が、「高山さん、もうこれだけで十分」と笑い、私は「うん。じゃあ、この塩はお母さんにあげて」と答えた。

それだけの夢なのだけど、細部までくっきりとしていた。

彼女がもうすぐ死ぬことを、私は知っている。

彼女も知っている。

そんな夢。

小鯵の南蛮漬け
南瓜の煮物
豆腐と油揚げの味噌汁

起きてカーテンを開けたら、雨が降っていた。

まだ五時くらいなのかと思っていたら、もう七時だった。

慈雨という感じのする雨。

雨の日は、時間が分からなくなるな。

さて、今日はきのうの続き。朝ごはんを食べたら、「キチム」の奈々ちゃんに頼まれている作文をやろう。

十時ごろ、しっかりとした雨。

海も街もまっ白け。

二階に上って窓を開けたら、電線にツバメが六羽とまっていた。

上の電線にとまっている三羽は、上向き加減で胸を張り、じっと雨に濡れている。

下にとまっている三羽は、少し小さい。

羽を開いたり、しきりに尾を振ったり、飛びまわったりと忙しい。

もしかして、家族なのかな。

夜ごはんは、きのう「コープさん」で買っておいた小鯵で南蛮漬け、南瓜の煮物、納豆、豆腐と油揚げの味噌汁、ご飯。

＊6月のおまけレシピ

ゴボウとちくわのサラダ

ゴボウ½本　ちくわ1本　白ごま大さじ1と½　フレンチマスタード　練り辛子　マヨネーズ　その他調味料（作りやすい分量）

うちの常備菜のひとつ。冷蔵庫にあると、急なお客さんのビールのおつまみにとても喜ばれます。ポイントはゴボウを歯ごたえよくゆでるのと、水気が入らないようにすること。一度、ゆでたてのゴボウをザルに上げ、ほとんど水切りをせずに調味料と和えたら、想像以上に水っぽく、がっかりしたことがあります。ちくわの代わりに細切りにした塩もみ人参を加えても、色がきれいでおいしいです。


ゴボウはタワシで泥をこすり洗いし、5cm長さの細切りにします。酢水にさらし、軽くもみます。水を替え、もう一度くり返してください。

ゴボウをザルに上げ、ちくわは薄い輪切りにします。

鍋に湯を沸かし、煮立ったら酢少々を加えてゴボウをゆでます。

歯ごたえを残してザルに上げ、水気をよく切ります。酢を小さじ1ふりかけ、もう一度軽くザルを振って、そのまま粗熱を取ります。

ごまは香ばしく炒り、すり鉢で八分ずりにします。練り辛子小さじ⅓、フレンチマスタード大さじ1、マヨネーズ大さじ2、ごま油小さじ1、塩ひとつまみを加え、よく混ぜ合わせてます。

粗熱がとれたゴボウとちくわを加え、ざっくり混ぜたらできあがり。冷蔵庫で5日間ほど保存できます。

＊このころ読んでいた、おすすめの本

『アイヌ神謡集』知里幸惠　岩波文庫

アニメーションだけれど……

『ムーミン谷のなかまたち』

「姿の見えないお友達」「笑顔がもどったニンニ」

海外ドラマだけれど……

『アガサ・クリスティー　ミス・マープル』シリーズ

　原作／アガサ・クリスティー（2004年からイギリスで放映）

映画だけれど……

『僕は猟師になった』監督／川原愛子（2020年　日本）

『ぼくを探しに』脚本・監督／シルヴァン・ショメ（2014年　フランス）

『幸せなひとりぼっち』脚本・監督／ハンネス・ホルム（2015年　スウェーデン）

あとがき

冬の朝は陽の出の時刻が遅く、なかなか明るくならないので、つい寝過ごしてしまいます。それでも今朝は、トイレに起きがてらカーテンをめくってみました。ちょうど雲の間から、太陽が顔を出したところ。真下の海もオレンジ色に照り映えていたので、慌ててトイレから戻ってきました。

『帰ってきた 日々ごはん⑬』は、二〇二〇年の一月から六月までの記録。コロナがはやりはじめた時期と重なります。ふり返ってみると、陽の出とともにカーテンを開け、ラジオのクラシックで目を覚まし、天気予報とニュースを聞いてから起き出す朝の日課は、このころにはじまったのだなあ。

薬局からはマスクが消え、図書館も食堂もみな閉まっていた日々。「ＭＯＲＩＳ」のヒロミさんお手製のマスクをすると、守られているような気持ちになったこと。道で人とすれ違うときには息を止め、早歩きをしていたこと。あれからまだ三年もたっていないのに、そしてまだ、終わってもいないというのに、なんだかもうずいぶん前のことのような気がして、懐かしくなりました。

四月四日の日記を読んで思い出しました。日に日に感染者が増え、これから先、どうやって日常生活を送ればいいのか分からなくなっていたころのことです。

あの朝私は、寝室のカーテンをすべて開け、ベッドに寝そべって大きな空を見上げていました。雲が流れ、青空がだんだん広がってゆく。ラジオではバッハの「ヨハネ受難曲」が延々とかかっていて、まるで、少し離れたところから、大画面の映画を見ているような感じがしました。大きな蜂が、四枚分の窓をブーンと横切りました。小鳥たちが盛んにさえずり、風も少し吹いていました。

ふと私は、今のこの状況は、いつか必ず終わりがやってくると確信しました。自然のめぐりは、何が起ころうとひとつも変わらずに、次の季節の支度をしている。だから私もこれまで通り、ひとつ、ひとつ、目の前の仕事に向かい、早起きをして、ごはんを作って食べ、運動もして、感染しないよう気をつけてさえいればいい。そうすれば、誰かにうつすこともないのだから。日記には書けなかったけれど、非常時の心の道しるべを自然界から教わった朝でした。

そんな揺れ動く日々の巻の表紙カバーは、本の中にも登場する北九州の友人で版画家・絵本作家の山福朱実さんが飾ってくれました。ありがとうございます。太陽の化身のような鳥、空、海、山、小鳥たち。六甲のこの家で、私がいつも包まれている大いなるものたちです。

この本の中には、若い編集者を病気で亡くしたことも出てきます。『帰ってきた 日々ごはん⑫』のあとがきにも書きましたが、彼女とは二十三年前に出会い、たくさんの仕事をしてきました。つるやもこさんといいます。これまでの日記にも、桃ちゃんという名前で出てきます。前年の十月、佐賀と長崎の観光誌「SとN」の料理撮影の日に桃ちゃんは、窓辺の椅子で猫みたいに伸びをしながら外を見ていたっけ。

アルバムページの六月十日の写真は、東京の友人たちとお別れの会を開き、神戸に戻ってきた日に撮りました。日暮れ前のひととき、私は窓をいっぱいに開け、ハワイの音楽をかけながら空に向かって缶ビールで献杯していました。桃ちゃんはハワイが好きな娘だったから。これから夏がやってこようとしている空、海、街、空気中のすべてに、桃ちゃんと母の粒が混ざり合い、溢れているような気がして。もしかしたら、映るんじゃないかと思って、シャッターを押したのです。

二〇二二年十二月　紅や黄色の葉が風に舞い踊る日に

高山なおみ

◎ スイセイごはん
「なにぬね野の編　8」

ここ、山梨に一人来て丸6年になる。

それまで二十数年東京に住み、そのほとんどを結婚して夫婦で暮らしていたから、この山梨移住は自分の人生の中でも大きな転機だった。

うちの夫婦は、その数年前からどうにも関係の具合悪く妻のほうが先に家を出たのだが、激しいケンカをしてというより、夫婦熱量が徐々に、限りなく下がってしまい、エンストしたような感じだった。

そのころ人生年齢の半ばを過ぎてもいたし、生きかたのスタイルも人生の見立ても、もうこれから変わらないようにも思いはじめたタイミングでもあったから、少々のとまどいがあった。

たとえるなら、それまでの多くの時間を過ごした長距離航路の大きな船が難破した、という感じだろうか。

そして、熟慮する時間なく選択肢なく、どうにか避難用小型ボートに乗り移った。

そうして、この小型ボートをえっちらおっちら漕ぎ出して、辿り着いたところが無人島ならぬ、ここ山梨だった、と。


山梨のこの土地には、知人がいるわけでもなく、慣れ親しんだ土地でもなく、土地勘もなかった。

頼りなげな紐状のもの（「縁」というのかも知れない）を伝って伝って、出会った場所だった。

ここには、おそらく築百年以上の中古の民家に、土蔵と物置きもついているのだが、どれも柱傾き、凹み床で、それらを直すことも簡単ではなく、この大きさを未だに有効利用できていない。

昭和の時代にリフォームしたらしい板の間のキッチンの部屋に、パソコン用デスクを置いたり、畳1枚だけ敷いて寝床を作って、昼から夜まで、ほとんどこの部屋で過ごしている。

そして、もちろん隙間だらけで風通しはいいから、「キャンプ場よりマシ」というのを、うちのモットーとしている。

何はともあれ、こうして一人住まい、一人暮らしになった。

こちらで暮らしはじめたころ、寂しくないかと尋ねる人もいたが、寂しくなかった。

今も、誰とも会わずに喋らずに何日も経ってしまうことがよくあるが、寂しいと思ったことがない。

どちらかというと、元々、子ども時代から一人で過ごすことが苦じゃなかったように思う。

一人で考えては一人で実行する、ということがいつまでも永遠にできてしまう。

今、暮らしは案外忙しく、日常用事の箇条書きを一つずつこなしてると、すぐに日が暮れる、すぐに月日が過ぎる。

そうか、じつは自分は大いなる一人主義だったかも知れない。

「結婚」という演劇に出演でもしてたのだろうか。

ここで、そういうことを確かめようとしているのかも知れない。

小惑星が何かに当たって止められない限り、ひたすら宇宙を進むように、6年前の小型ボートも、まだ進んでいるのかも知れない。

まだ何処にも着いていないのかも知れない。


日本列島本州中央の、太古に大巨人が本州を掴んで折り曲げたようなところ。シワシワの山々が集まったようなところが山梨だ。

地上から見ると、うちにいても電車移動しても、ちょっとした見晴らしに出ても山々、山々に囲まれていて、それからは逃れられない。

海からも離れた「山くさい」、「山々しい」土地だ。

生まれ育った広島市も、長くを過ごした東京も平野だったから、地面というものが土や石でできていて、雨風で削れ、地揺れで崩れることさえあるなんて意識することはなかった。

でも、今ならわかる。山は、巨大な波なのだ。

うちのまわりをぐるっとなだらかな山並みが囲んでいる。

うちの山並みから日が昇っては、山並みに暮れていく。

山並みを撫でながら、雲が湧いては雲が流れる。

山並みを通った風が、うちにも通る。

夜になると、山並みの上に天のスクリーンが張り出して、その中央に満月が鎮座する。

そして、おれのことを睨みつけてくる。

自然と一対一になる。


日中デスクワークし、飽きたら草取りしに外に出る。

母家のまわりや、隣接している畑。

今まで暮らしてきた街がどこもアスファルトで覆われてたからだろうか、剥き出しの土には草が生えるということをすっかり、生涯的に忘れていた。

今の歳になって、初めての土いじりなのだが、それは即ち植物の凄さ、たくましさを学ぶということだった。

また、人の体がしゃがんで足元の草を覗き込んだり、草を掴んで抜くときの姿勢、草取り作業が、なんて楽にできるんだろうと感心した。

もしや、おれのようなものの体にも遠い過去の、農耕時代の記憶が残っているのかも知れない。

こちらで、いくつか大病をしたこともあり、日常の運動や食事に気を配るようになった。

自分は案外、生に執着があるらしい。

そういう、「自分というもののリセット」を、ここでしているように思う。


つな渡りしてるどうしがすれ違う　ヤア手を上げてヤアハイタッチ

2022年冬　スイセイ

スイセイ、そして落合郁雄工作所
発明家・工作家。広島市生まれ。

2002年、ホームページ「ふくう食堂」創業。

2003年、家内制手個人工業「落合郁雄工作所」起動。

2016年、高山なおみとの共著書『ココアどこ　わたしはゴマだれ』(河出書房新社)。

現在、山梨にて自然を含めた工作の試み「野の編」展開中。

公式ホームページアドレス　http://www.fukuu.com/kousaku/

高山なおみ 日記もの 年表 2002〜2023年

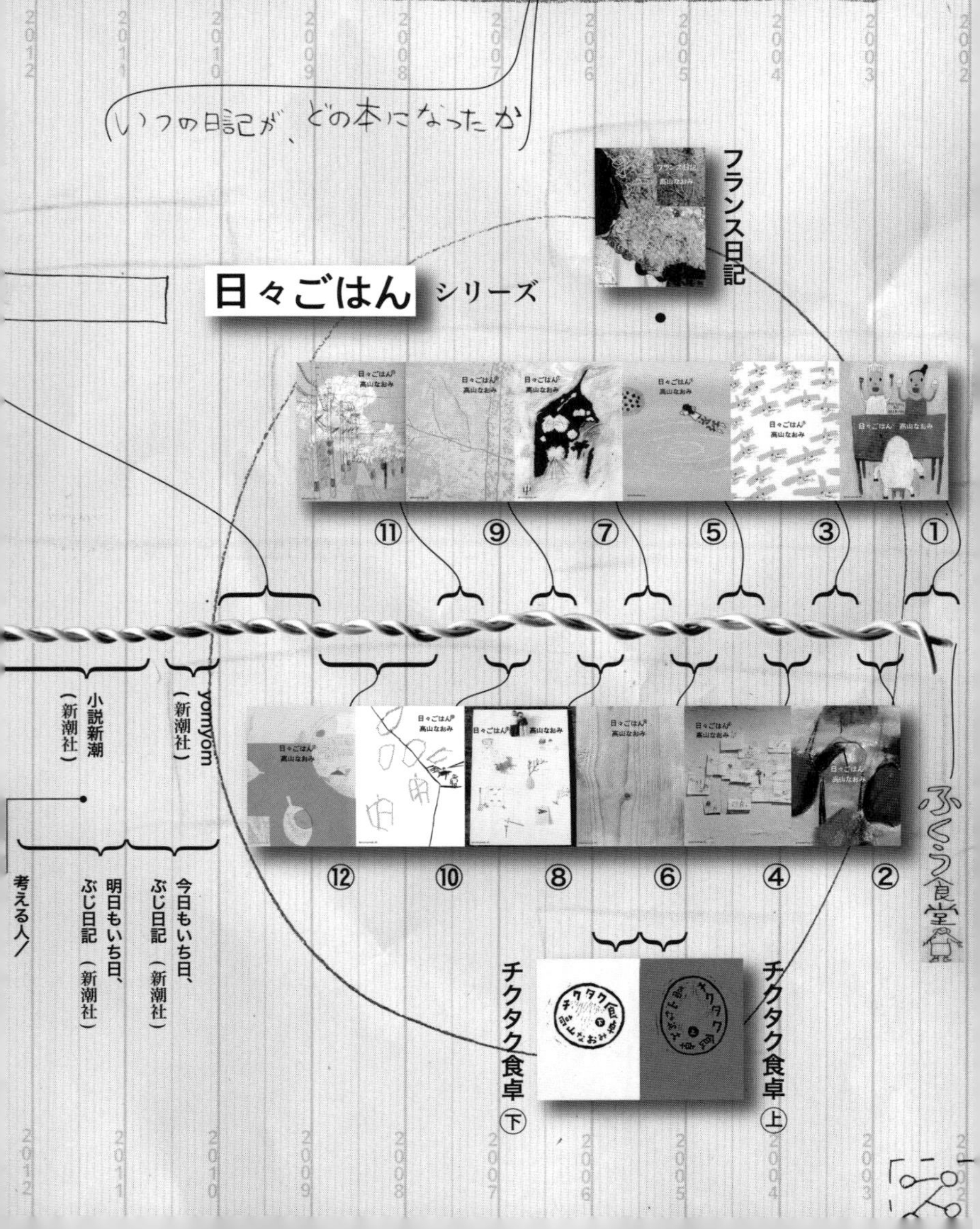

2023 2022 2021 2020 2019 2018 2017 2016 2015 2014

⑦ ⑥ ⑤ ④ ③ ② ①

帰ってきた 日々ごはん シリーズ

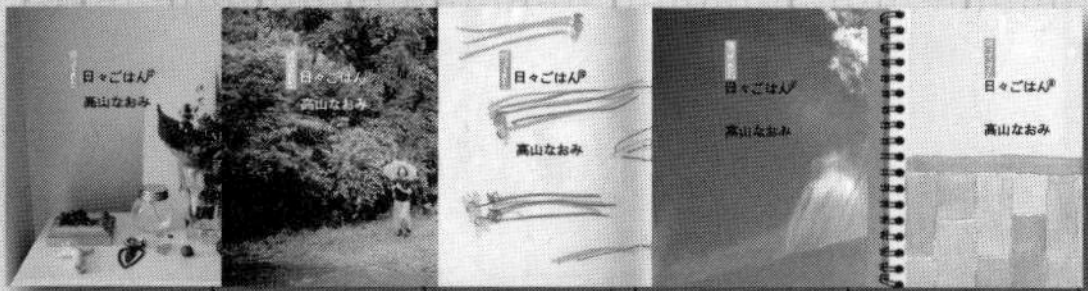

⑫ ⑪ ⑩ ⑨ ⑧

☆発売

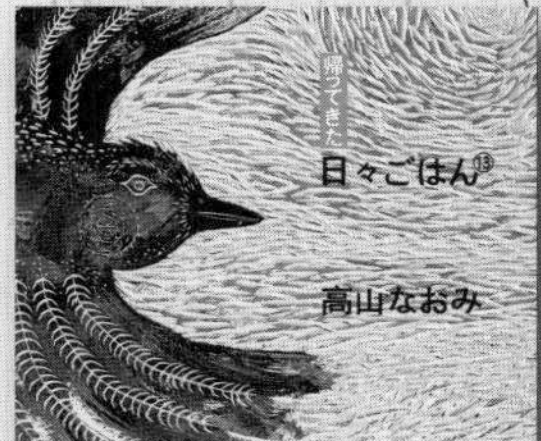

帰ってきた 日々ごはん⑬

きえもの日記（河出書房新社）

・考える人／ウズベキスタン日記（新潮社）

2023 2022 2021 2020 2019 2018 2017 2016 2015 2014

本書は、高山なおみ公式ホームページ『ふくう食堂』に掲載された日記「日々ごはん」（2020年1月〜6月）を、加筆修正して一冊にまとめたものです。

高山なおみ　1958年静岡県生まれ。料理家、文筆家。レストランのシェフを経て、料理家になる。におい、味わい、手ざわり、色、音、日々五感を開いて食材との対話を重ね、生み出されるシンプルで力強い料理は、作ること、食べることの楽しさを素直に思い出させてくれる。また、料理と同じく、からだの実感に裏打ちされた文章への評価も高い。著書に『日々ごはん①〜⑫』『帰ってきた 日々ごはん①〜⑫』『野菜だより』『おかずとご飯の本』『今日のおかず』『チクタク食卓㊤㊦』『本と体』（アノニマ・スタジオ）、『押し入れの虫干し』『料理＝高山なおみ』（リトルモア）、『今日もいち日、ぶじ日記』『明日もいち日、ぶじ日記』（新潮社）、『気ぬけごはん1・2』（暮しの手帖社）、『新装 高山なおみの料理』『はなべろ読書記』（KADOKAWAメディアファクトリー）、『実用の料理 ごはん』（京阪神エルマガジン社）、『きえもの日記』『ココアどこ わたしはゴマだれ（共著・スイセイ）』（河出書房新社）、『たべもの九十九《つくも》』（平凡社）、『自炊。何にしようか』（朝日新聞出版）、『日めくりだより』（扶桑社）など多数。絵本に『アン ドゥ』（絵・渡邉良重／リトルモア）、『どもるどだっく』（ブロンズ新社）『たべたあい』『それから それから』（リトルモア）『ほんとだもん』（BL出版）『くんじくんのぞう』（あかね書房）『みどりのあらし』（岩崎書店）以上絵・中野真典、『おにぎりをつくる』『みそしるをつくる』（ブロンズ新社）ともに写真・長野陽一、『ふたごのかがみ ピカルとヒカラ』（絵・つよしゆうこ／あかね書房）。最新刊は「おまけレシピ」をまとめた『暦レシピ』（アノニマ・スタジオ）。

公式ホームページアドレス　www.fukuu.com/

帰ってきた日々ごはん⑬

2023年2月6日 初版第1刷 発行

著者 高山なおみ

発行人 前田哲次
編集人 谷口博文

アノニマ・スタジオ
〒111-0051 東京都台東区蔵前2-14-14 2F
電話 03-6699-1064
ファクス 03-6699-1070
www.anonima-studio.com

発行 KTC中央出版
〒111-0051 東京都台東区蔵前2-14-14 2F

印刷・製本 株式会社広済堂ネクスト

ISBN978-4-87758-845-8 C0095

アノニマ・スタジオは、
風や光のささやきに耳をすまし、
暮らしの中の小さな発見を大切にひろい集め、
日々ささやかなよろこびを見つける人と一緒に
本を作ってゆくスタジオです。
遠くに住む友人から届いた手紙のように、
何度も手にとって読みかえしたくなる本、
その本があるだけで、
自分の部屋があたたかく輝いて思えるような本を。

anonima st.